JN071802

はじめに

小説を書くことを仕事にしたい、プロとして小説を書いていきたい――この本を手にしてくださった読者の多くは、そういった願望を抱いていることだろう。私自身、専門学校などで小説に関する講義を行っていることもあり、実際にそういった小説家志望者の皆さんと接する機会も多い。

しかしその中で感じるのは、「小説を書きたい」という願望はあっても、文章そのものに対して関心を持っている方は意外と少ない、ということだ。面白いストーリーを作りたい、魅力的な世界観やキャラクターを生み出したいという気持ちを持って創作に臨む方は非常に多い。だが、その想像を伝えるための文章のことはあまり意識せず、表現するための手段としか見られていないのである。

ストーリーや世界観、キャラクターを面白く作ろうとするのは創作意欲の根幹的なものであり、それがなけば作品を生み出すことはできない。なので、そういったものを作品作りの中心に考えることは全く間違っていない。

しかし、自分の頭の中にあるその「面白いもの」を他人に伝えるには、情報を正確に書き表し、読者に理解してもらうことが必要不可欠となってくる。それができなければ、自分の中にある「面白いもの」を読者と共有することなど不可能だからだ。

もちろん、小説の文章で大切なのは情報を伝えることだけではない。情感をこめること、文章の中で作家性を出すことも大事なポイントになってくる。文学性や美しさ、独自性もときには必要になるだろう。

だが「情報を伝えること」というのはごく初歩的で最も基礎の部分であり、これが意識できていなければ情感や作家性を出そうとしても、ただ独りよがりな文章になってしまいがちである。まずは読んでくれる相手に理解してもらいたいことをコンパクトにわかりやすく伝えることが大事なのだ。

以上のことを踏まえ、「誰かに読んでもらう文章」を意識した書き方を紹介した本が、二〇一六年に刊行した秀和システム『ライトノベルのための正しい日本語』である。本書はその増補改訂版として再刊した。

旧版ではタイトルに「ライトノベル」と入れたが、基本の知識や技術はどのエンタメ小説にも共通する。そこで、本書ではライトノベルに限らず、どのエンタメ小説のジャンルにも対応できるようにタイトルを変更し、増補改訂をした。改訂にあたり、実践的な解説である四章の実践を三本追加している。

また、これまでの指導や創作指南本制作の経験をまとめた「榎本メソッド」の文章に関わる部分も解説させていただいている。執筆している真っ最中の方はこちらをサッとお読みいただき、文章を書く上での重要なポイントを押さえていただければ幸いだ。

文章力を上げるために何よりも大切なのは、「好きな文体を見つけること」であると私は思う。小説家志望者である以上、好きな小説家、憧れている小説家というのが一人や二人、あるいはもっとたくさんいることだろう。

その好きな理由として「ストーリーが好き」「キャラクターが好き」の他に「文体が好き」と言えるような小説家がいた方がいい。「この小説家の書く文章が好き」、それはすなわち文章そのものにも興味を持っているということだ。「好きこそ物の上手なれ」ということわざもあるように、「好き」をスタート地点とすることで、上達への道は開ける。

文章表現に興味を持ち、書くことそのものを好きだと思えるようになることで、文章力は自然と向上していくだろう。そうやって表現できる幅を広げていけば、頭の中にある面白い物語を自分のイメージのままに読者に伝えられるようになるはずだ。皆さんの小説執筆の一助となれば幸いである。

榎本秋

もくじ

もくじ

4章　実践

1章

日本語表現

原稿執筆の基本ルール

覚えておくべきルール

小説には、執筆する際の基本ルールというものが存在する。普段読む側である分にはあまり気にしたことがないかもしれないが、自分が書く側となるとそのルールは押さえておいた方がいい。

また、主にウェブで個人的に作品を発表するために執筆を行ってきたという人も、紙で読むことを前提として書かれる原稿の基本ルールを知っておいた方がいいだろう。ウェブで発表される作品は、多くが横書きを想定して書かれたものだ。

しかし本として出版される小説は、ご存知の通り縦書きが基本となっている。横書きと縦書きではルールも異なってくるため、知らなかったルールも存在するかもしれない。縦書きの原稿のルールを改めて確認しておくべきだろう。

・行頭一字空け

改行後などの文章の頭に来る部分は、一字分の空白を設ける。ただし、会話文などでカギ括弧（「」）を用いる際には、空白を設けなくてもよい。

例

出てきた料理はどれも美しく、また味も申し分ないものだった。調子に乗って食べすぎてしまったかもしれない。

会計を済ませるためにウェイターを呼ぶ。財布の中身が少々心配だ。

・句点

基本的には文章の終わりに句点（。）を入れる必要があるが、「」の中の最後の文章については入れなくてもよい。

例

小さくため息をこぼすと、それを耳聡く聞きつけたらしい江原が心配そうに声をかけてきた。

「どうしたの、ため息なんかついて。元気ないね」

・感嘆符と疑問符

感嘆符（！）と疑問符（？）の後は、一字分の空白を設けてから文章を続ける。ただし句点と同じく、「」の中の終わりに来るものに関してはその必要はない。

例

ふと目が覚めた。その直後、家具がガタガタと音を立てて揺れ、横になっていてもわかるほどに家全体が揺れ出す。

「なっ、なんだ！　地震か？」

・数字

縦書きでは漢数字を用いる。ただし固有名詞や、紙のサイズを表す「A5」など、漢数字に変換すると違和感のあるものについては、アラビア数字を使用する。

例

B4サイズの紙に印刷されたそのイラストには、三人の可愛らしい女の子が描かれていた。

・三点リーダーとダッシュ

三点リーダー（…）とダッシュ（―）は、偶数セットで使うのが基本。例えば、「……」「――」のような形になる。

例

甲斐甲斐しく環の世話を焼く仁奈を見ていると、思わず「彼女かよ」とツッコミを入れたくなってしまう。

――いや、彼女というよりも。

「母親って感じだな……」

・カギ括弧

カギ括弧の中にさらにカギ括弧を入れたいような場合、中に入るカギ括弧は二重括弧になる。

例

俺の手元を見るなり、メイは目を吊り上げて大きな声を上げた。

「ちょっと、もっと丁寧に扱ってよね！　リーダーからも『壊したら罰金どころじゃ済まない』って言われてたでしょ！」

主語

日常会話と小説の違い

皆さんは普段小説を執筆する時、主語や述語などに気を配っているだろうか。おそらく、「今更そんなことを意識しなくても書けるよ」という人が大半かと思われる。

確かに、主語や述語、修飾語といったものは小学生で習う範囲だ。それぞれどういうものであるのかは言われなくとも理解できているだろうし、自然と身についていているだろう。

ただ、それが「日常会話」の中で理解できているのと、「小説」を書く上で理解できているのとでは、また少し意味が異なってくる。普通に会話をしていて意図を汲み取るのと、紙の上で文章としての意味を読み取るのとでは、状況が変わってくるということだ。

例えば日常会話の中では、ある程度主語が抜けていても通じることが多々ある。しかしその会話をそのまま文章に書き起こしてみると、誰が何をしているのかが読み取りづらくなってしまうのだ。

文章を意識すること

のちに二章で詳しく解説するが、小説を書く時には読者に正しい情報を伝えることが大切になる。あえてミスリードを狙っているような場合は別として、作者と読者の間で行われる情報の伝達が不十分だと、作者の思い描いているイメージと読者の想起するイメージが食い違うという事態が発生する。例えば、Aのセリフとして書いたつもりがBのセリフとして受け取られてしまい、意味が通じなくなってしまうということもあり得るのだ。

これはごくごく初歩的なミスのように思われるかもしれないが、そうとも言い切れない。小説を書くということについて、「どれだけ面白いストーリーを作れるか」の一点のみで考えてしまっている人が少なくないからだ。

確かに読者を楽しませたり、あっと驚かせたりするようなストーリーを作ることは重要である。しかしストーリーを考えるだけでは小説にはならない。それを文章にして伝える力が備わってこそだ。

そのことを意識していないと、文章を書く力――すなわち文章力を伸ばそうという考えが疎かになってしまう。その結果、初歩的に思われる主語や述語の関係性から見た文章の読みやすさといった部分でうっかりミスを犯しがちになる。

この点を意識して、改めて基礎に立ち返ってみたい。読者にきちんと意味が伝わる文章になっているだろうかという意識を持つだけでも、文章力は確実にアップしていく。

主語の省略

まず、主語とは何かという点について見ていこう。改めて言わずとも知っている人がほとんどかと思うが、主語とは「○○は」「○○が」といったような、のちに来る述語が表している動作や状態の主体となっているものを指す。

例えば、「私は言った」では「私は」が主語となり、「空が青い」では「空が」が主語となる。それぞれ、「言った」という動作と「青い」という状態が述語となっており、その主体となっているのが「私は」と「空が」というわけだ。

さて、これが主語に関する基本的な知識である。主語が入っていれば、「誰が」「何が」という情報が非常にわかりやすくなり、先に例として挙げた「Aのセリフとして書いたつもりがBのセリフとして受け取られる」というような食い違いは発生しなくなるだろう。

しかし、だからといって闇雲に主語を入れればいいということではない。次の例文を見てみよう。


「えっ、どういうこと?」

早紀が振り返って尋ねた。

「だから、そのドアを開ければいいんだよ」

拓海はそう答える。

早紀は拓海の言葉に従うことにしたようだ。しかし早紀はドアノブに手をかけながらも、躊躇した様子で振り返る。

「変な仕掛けとかないでしょうね？」

早紀は疑い深く拓海に確認してくる。

拓海はそれを聞いて、呆れて肩を竦（すく）めた。

「そんなの、俺が知ってるわけないだろ」

この例文では、確かにどちらがセリフを喋っているのかがわかる文章になっている。しかし、「早紀は」「拓海は」という主語が何度も繰り返し出て来るため、読んでいて少々くどいような印象を受ける。

　こういった場合、主語がなくても通じるところは省略するようにしたり、また一文にまとめられそうなところはまとめるなどの工夫をしたりして、主語を減らすといい。

　例えば、「早紀は疑い深く拓海に確認してくる」や「拓海はそれを聞いて、呆れて肩を竦めた」の辺りの文章は、主語を表記しなくとも意味が通じるものになっている。また「拓海はそう答える」「早紀は拓海の言葉に従うことにしたようだ」の文章は、一文にまとめることが可能だ。

これらの修正を反映させたものが、次の文章になる。

「えっ、どういうこと？」

早紀が振り返って尋ねた。

「だから、そのドアを開ければいいんだよ」

そう答えた拓海の言葉に従うことにしたようだ。しかし早紀はドアノブに手をかけながらも、躊躇した様子で振り返る。

「変な仕掛けとかないでしょうね？」

疑い深く確認してくる。

それを聞いて、拓海は呆れて肩を竦めた。

「そんなの、俺が知ってるわけないだろ」

　主語の繰り返しがなくなったため、先ほどよりもリズムの良い文章になった。

☑ 省略しない方がいい主語

　先ほどの文章では意味の通じる主語を省略したが、逆に省略しない方がいい主語というものも存在する。それが、次の例文のような文章の中で省略されている主語だ。

私は重い足を引きずるようにして学校へ向かった。昨日のことを彼女が気に病んでいたらどうしよう。そう考えて落ち込んでいたのだが、意外と元気だった。

さて、この文章では省略されている主語がふたつ存在する。どこだかわかるだろうか。

ひとつは、語り手である「私は」という主語。そしてもうひとつは、「彼女は」という主語である。どちらも、みっつ目の文章の中で省略されているものだ。

これを省略せずに表記した場合、次のようになる。

私は重い足を引きずるようにして学校へ向かった。昨日のことを彼女が気に病んでいたらどうしよう。私はそう考えて落ち込んでいたのだが、彼女は意外と元気だった。

この修正前の文章と、修正後の文章を見比べてみよう。まず「私は」という主語だが、これは省略されている状態でも大した問題はないように思える。語り手が「私」であることは明白であり、「そう考えて」いたのが「私」だということも自然とわかる。

問題はふたつ目の「彼女は」という主語の方だ。「そう考えて落ち込んでいたのだが、意外と元気だった」――この一文の中には、「そう考えて落ち込んでいた」のは「私」、「意外と元気だった」のは「彼女」という風に、表記されていない主語がふたつ存在している。

一文の中に主語がふたつ存在するということは、途中から主体となる対象が変わっているということだ。このような場合は、特に後半に来る主語を明確に表記した方がいい。何気なく読んでいると、主語が途中で変わったことに気付けないことがあるからだ。

この例文の場合だと、「私」が落ち込んでいて「彼女」も気に病んでいる可能性があるという状況だ。二人とも元気がない状態で、「意外と元気だった」という文章を提示されると、どちらが「意外と元気だった」のかがわかりにくくなる。

こういった混乱を避けるために、主語を表記するか省略するかという点には気を使おう。

述語

主語と述語のセット

主語の次は、述語の担う役割について見ていこう。述語は主体となる主語が行う動作や状態を表すもので、「私は言った」では「言った」、「空が青い」では「青い」が述語となる。

述語で気を付けたいのは、主語との関係性だ。主語と述語はセットのようなものであり、どの主語とどの述語がセットになっているかという部分に気を配って欲しい。

例えば、次の文章を見てみよう。

約三年ぶりに、私は地元の駅に降り立った。冬の冷気が容赦なく肌を刺す。けれど、その寒さすらも懐かしい。

こちらの文章は、比較的主語と述語がわかりやすい。まずは一文目の「私は」という主語と「降り立った」という述語、そして二文目の「冷気が」という主語と「刺す」という述語がセットになっている。さらに三文目の「寒さすらも」、実はこれも主語であり、「懐かしい」という述語とセットになっている。

「○○は」「○○が」という形でなくとも、主語になることはある。それは述語とセットにしてみて、「○○は」「○○が」の形に置き換えてやることでわかりやすくなる。

この例文の場合、述語の「懐かしい」と組み合わせて「寒さすらも」という言葉を「寒さが」と置き換えてやるといい。すると「寒さが懐かしい」という文章になるので、「寒さすらも」が主語であることがわかるのだ。

どの主語とセットになっているか

さて、先の例文はひとつの文につきワンセットずつ主語と述語が入っていたのでわかりやすかったのだが、注意してほしいのは長い一文を書く場合だ。主語や述語が複数存在するような文章になると、気を付けなければ、どの主語がどの述語にかかっているのか、混乱を生みかねない。

次の例文を読んでみてほしい。

私は雨の中ずぶ濡れになって帰宅して体が冷えた弟が風呂に入っている間、温かい飲み物を用意してやることにした。

こちらの文章、「弟が」にたどり着くまで、「雨の中ずぶ濡れになって帰宅して体が冷えた」のは「私」であると誤解した人もいるのではないだろうか。この「私は」は「用意してやる」にかかっているのだが、「体が」「冷えた」「弟が」「入っている」といったように、間に複数の主語と述語が存在しているため、スムーズに読めない文章となってしまっている。

こういった混乱を防ぐためには、主語と述語が正しくセットになるように文章を整理してやるといい。

雨の中ずぶ濡れになって帰宅した弟は、体が冷えたようで風呂に入っている。その間に、私は温かい飲み物を用意してやることにした。

この場合、「弟は」と「入っている」の間にも「体が」「冷えた」という主語と述語がワンセット入っているのだが、「体が冷えた」とそのまま続けて読めるような形で入っており、またその文章も短いため、「弟は風呂に入っている」という主語と述語の妨げにはなっていない。そして混乱を生む原因となっていた、「私」と「弟」の行動をふたつの文章に分けることで、各々の主語がどの述語にかかっているのかがわかりやすくなっている。

このように、長い一文の中では主語と述語のセットがわかりにくくなる。それを解消するには、無理に一文に収めるのではなく、セットとなっている主語と述語ごとに文章を分けてやるといいだろう。

☑ 述語の重複

また一文が長い時に起こりやすいミスは他にもあ

る。例えば、述語の重複もそうだ。

俺は慌てふためくそいつを見て、本当にバカなんだなと思いながらそれを見ていた。

この例文は、「見て」と「見ていた」という述語が重複している。「俺は」というひとつの主語に対し、述語がふたつ重なってしまっているというわけだ。

このようなミスは、余計な述語を省くことによって、以下のように修正することができる。

俺は慌てふためくそいつを見て、本当にバカなんだなと思った。

単純に思えるミスだが、実はこういったミスは珍しくない。何気なく執筆していて、すでに「見る」が出ていることに気付かず、再度書いてしまうのだ。

☑ 述語の消失

重複とは反対に、述語が消失してしまうことがある。次の文章を見てみよう。

僕はコーヒーカップを洗いながら、彼女が鼻歌を歌っていた。

こちらの文章は、一見「僕は」という主語と「洗い」という述語がセットになり、「彼女が」という主語と「歌っていた」という述語がセットになっているように見える。だが、「ながら」という接続助詞は、本来であれば「～しながら～した」というように、並行して行われるふたつの動作などを表す時に使用されるものだ。

つまりこの文章は、「洗いながら」の後に来るべき述語が消失してしまっているため、違和感のあるものになっている。この違和感を拭うには、「洗いながら」の後に入るべき彼のもうひとつの動作を入れてやるといい。

したがって、この場合の修正例は次のようになる。

僕はコーヒーカップを洗いながら、彼女が鼻歌を歌

うのを聞いていた。

このように修正することで、「洗いながら」「聞いていた」と並行して行われているふたつの動作がはっきりと表記された。「僕は」という主語が「聞いていた」という述語に繋がり、据わりが良い文章になる。

☑ 見直すことでミスは減らせる

ここで紹介したような述語のミスは、いずれも単純なものであり、だからこそうっかり犯してしまいがちだ。しかし、見直すことで必ず気付くことのできるミスである。

こんな細かいミスは犯さないという自信がある人ほど、文章を見直さない傾向にある。自分で見直したり普段から間違えないよう意識したりしていなければ、いつまでもミスに気付くことはできない。

「誰でもミスは犯すものだ」という意識を持ち、自分の文章を見直す癖をつけ、違和感に敏感になろう。そうすることで細かいミスが減り、文章力の上達につながっていくのだ。

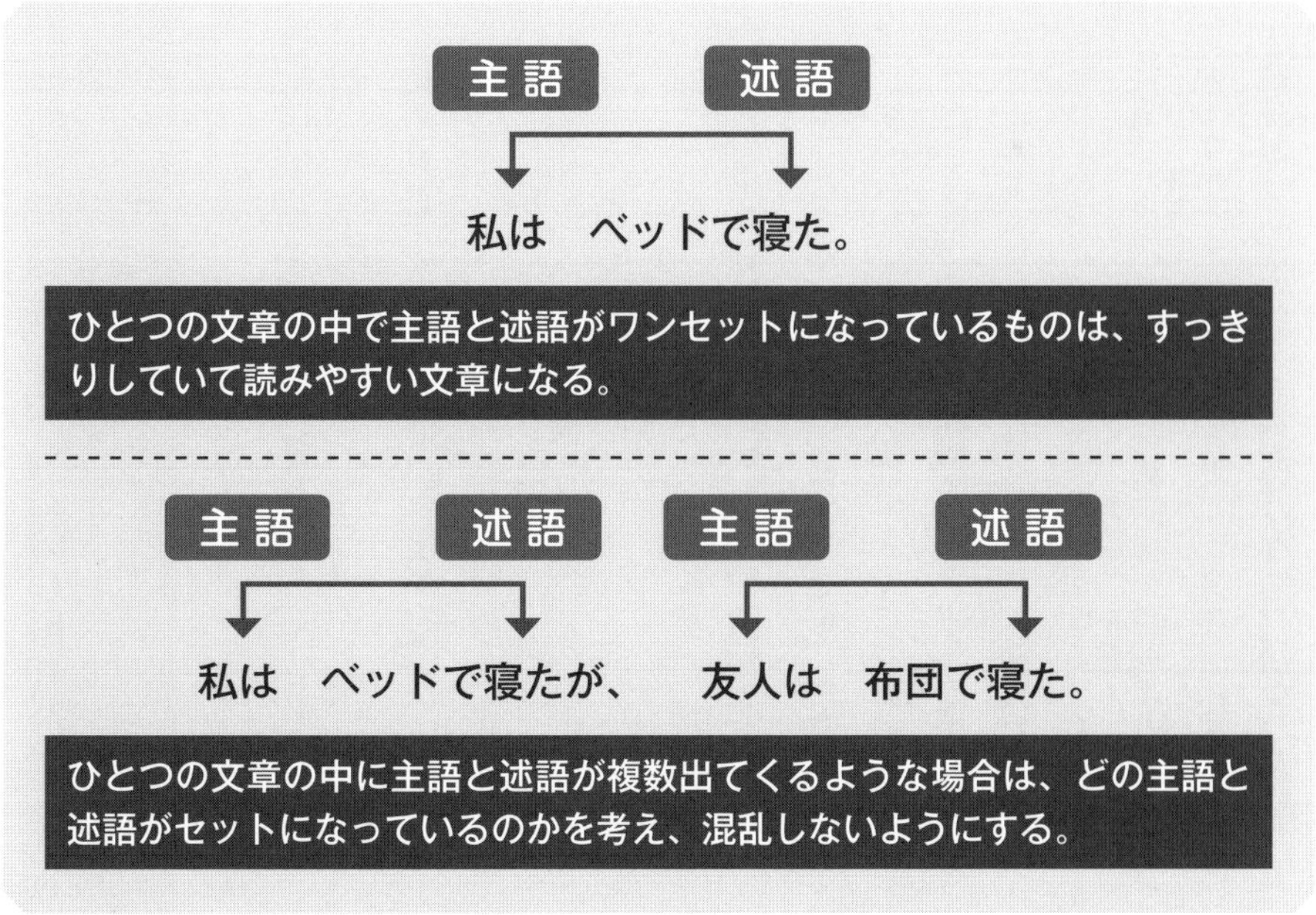

主語　述語

私は　ベッドで寝た。

ひとつの文章の中で主語と述語がワンセットになっているものは、すっきりしていて読みやすい文章になる。

主語　述語　主語　述語

私は　ベッドで寝たが、　友人は　布団で寝た。

ひとつの文章の中に主語と述語が複数出てくるような場合は、どの主語と述語がセットになっているのかを考え、混乱しないようにする。

修飾語

☑ 修飾語とは

一文が長い時に混乱する文章になりがちだという話をしたが、この「長い一文」というのは、修飾語を多く使いすぎた時に生まれやすい。

修飾語というのは、文字通り「飾る」言葉だ。次の文章を例にしてみる。

私は泳いだ。

主語と述語だけで構成されたシンプルな文章である。これだけでも文章は成り立っており、意味は通じる。

この文章に、修飾語をひとつ足してみる。

私は海で泳いだ。

この「海で」が修飾語であり、より詳しい状態が説明されている。さらに修飾語を加えてみよう。

私は近場の海で友人と楽しく泳いだ。

「近場の」「友人と」「楽しく」——三つの修飾語が加えられた。当初の「私は泳いだ」のみの文章では、「どこで」「誰と」「どのように」といった部分が不明であり、川で泳いだようにも、一人で泳いだようにも受け取ることができたが、修飾語を足したことによって、明確なイメージが浮かびやすくなった。

このように、修飾語は情報を細かく伝える役割を担っている。しかし、だからといってなんでもかんでも修飾語を足していけばいいというわけではない。

冒頭でも述べたように、修飾語が過多だと混乱する長い一文が生まれやすいのだ。一文の中に情報を詰め込みすぎないように、気を付けなければならない。

修飾語と被修飾語

修飾語が過多な一文とはどういったものだろうか。例として、次のような文章を挙げてみよう。

彼女は白い頬を、ピンク色のその身にまとったワンピースよりも、夕暮れが近付く空よりもさらに赤く染め上げて、短い間隔で瞬きする度に長い睫（まつ）毛が震え、小さく頷いた。

まず一点目に、主語と述語の間がかなり開いている点に触れる。この例文で最も重要なのは、「彼女は」という主語と「頷いた」という述語だ。ここが文章の根幹となっている。

しかしご覧の通り、その主語と述語がかなり離れた位置関係にあることがわかる。日本語は主語と述語が近いほど文章の根幹部分が読み取りやすくなるのだが、この例文は主語から述語に至るまでの間にかなり多くの修飾語が入っているため、わかりにくい文になってしまっているのだ。

また二点目に、修飾語と被修飾語の関係について触れる。被修飾語は、修飾語によって修飾されている言葉のことだ。

例えば、この文章の中で挙げるなら「白い」という修飾語は「頬」という被修飾語にかかっている。同様に、「赤く」という修飾語が修飾しているのは、「染め上げて」という被修飾語だ。

このように、修飾語は被修飾語の直前に置かれるのが基本となっている。しかし、例文の中における「ピンク色の」という修飾語、これは「ワンピース」という被修飾語にかかっているのだが、ふたつの言葉の間に「その身にまとった」という別の言葉が入っているため、おかしなことになっている。「ピンク色のワンピース」と表現したいはずが、「ピンク色」が修飾しているのが「その身」になっており、意味が全く異なる文章になってしまっているのだ。

これらの問題を解決するために、文章を整理してみよう。

彼女は白い頬を、その身にまとったピンク色のワン

ピースよりも、夕暮れが近付く空よりもさらに赤く染め上げている。そして短い間隔で瞬きする度に長い睫毛を震わせながら、小さく頷いた。

まず一文が長かったので二文に分け、二文目の方は「彼女は」という主語を省略した。すでに述べた通り、ここは主語を表記せずとも意味が通じる文章であったため、省略することにしたのだ。そのうえ、分けたふたつの文章がつながるように、「そして」という接続詞を追加している。

二文目の主語は省略されているものの、文章をふたつに分けたことによって、「彼女は小さく頷いた」という形になるのがわかるだろう。これで、多すぎる修飾語によって「彼女は」という主語と「頷いた」という述語が離れすぎているという問題は改善された。

また修正前の例文では「彼女は」「頷いた」という主語と述語がセットになっていたにもかかわらず、「頷いた」という述語の近くに「睫毛が」という別の主語が入っていたため、違和感があった。これも文章をふたつに分け、二文目の主語を「彼女は」で統一したことにより、「睫毛が震え」ではなく「睫毛を震わせ」という形への言い換えが可能となって、うまく調節されている。

ポイントを押さえる

主語と述語と修飾語、改めてこれらの関係から文章の読みやすさを見てみると、難しく感じられたかもしれない。だが、ポイントを押さえておけば深く悩むことはない。

ポイント1　主語と述語はなるべく近い位置に
ポイント2　修飾語は被修飾語の直前に置かれる

後は執筆と見直しを繰り返すことで文章のリズムがつかめるようになり、どの言葉をどこに移動すれば読みやすくなるかがわかるようになってくる。また自分で執筆している時だけでなく、他人の作品を読む時にも「ここをこうしたらもっと読みやすくなる」というのを意識するようにすると、確実に文章力のレベルアップにつながることを覚えておこう。

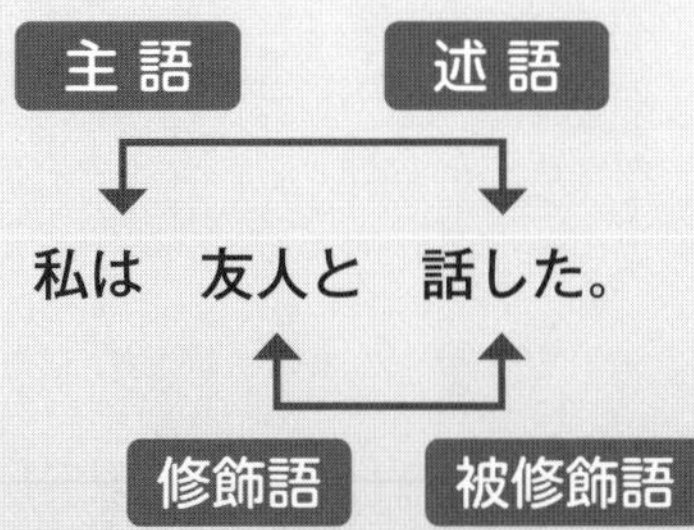

修飾語は文章をより詳しくするために用いられる言葉。「どの言葉を詳しくしているか」で修飾語と被修飾語がわかる。

主語　修飾語

私は　友人と　放課後の　誰も　いない　教室で　宿題をしながら　話した。

述語　被修飾語

主語と述語の間に様々な修飾語が入ると読みづらい文章になってしまう。修飾語は被修飾語の直前に入れるのが基本。

放課後の　誰も　いない　教室で　宿題を　しながら
私は　友人と　話した。

主語と述語をなるべく近い位置に置き、
修飾語を被修飾語の直前に置くことで、意味が通りやすい文章になる。

普通名詞・固有名詞・代名詞

名詞とは

続いては、名詞について見ていこう。

名詞というのは、物の名前や状態、性質などを表す単語だ。「蝶」「花」「私」「東京」「富士山」「彼」——これらは全て名詞である。

さて、いま挙げた六つの単語は、さらに細かく分類することができる。名詞には普通名詞、固有名詞、代名詞、さらに抽象名詞や物質名詞など様々な種類があるのだが、ここでは普通名詞と固有名詞、代名詞に分類してみよう。

まず、普通名詞というのは文字通り普通の名称、一般的に呼ばれる物の名前のことだ。「声」「少女」「空」など、同じ種類に属しているものであればその全てに適用することのできる言葉だ。

例えば「声」であれば、「大人の声」や「子どもの声」、「女性の声」「男性の声」と様々な声があるが、いずれも「声」であることは変わらない。同様に、「美しい少女」も「大人びた少女」も「少女」であることは変わらず、「曇り空」も「夕焼け空」も「空」であることは変わらない。

難しい言い回しをしてしまったが、一般的に多く使われており、最も種類が豊富な名詞が普通名詞である。普段何気なく使っている言葉の中にも、普通名詞は大量に出てくるものだ。

続いて、固有名詞について。固有名詞とは、特定のものにのみ与えられた名称のことだ。人名や地名、書名など、そのものだけが持つ名前のことを指している。

例えば先ほど挙げた「少女」を例にとり、千尋という名前の一人の少女がいるとしよう。その子を表す言葉に「少女」を使えば普通名詞になるが、「千尋」という名前を出せば固有名詞になる。「少女」は彼女以外の少女にも当てはまる言葉だが、「千尋」という名前は彼女が独自に有する名前であるからだ。このように、同じ対象を表す場合でも、表現の仕方が異なれば普通名詞にも固有名詞にも成り得る。

最後に、代名詞について説明しよう。代名詞というのは、これまでに挙げた普通名詞や固有名詞を用いずに、その対象を指し示す時に使う言葉だ。食卓の上にある醤油を「それ取って」と言って指差すようなシチュエーションを、実生活やドラマの中などで見たことがあるだろう。

この場合の「それ」が代名詞にあたる。「醤油」という言葉を用いずに「それ」と指し示すような形で伝えている。これも「少女」を例に挙げるなら、「少女」という普通名詞でも「千尋」という固有名詞でもなく、「彼女」と指し示した場合が代名詞となる。

さて、これらみっつの名詞の種類について説明したところで、冒頭に挙げた六つの単語を振り返ってみよう。「蝶」「花」「私」「東京」「富士山」「彼」……以上の名詞を普通名詞、固有名詞、代名詞に分類するとしたら、どうなるだろうか。

答えはもうおわかりだろう。これらの六つの名詞は、次のように分類される。

【普通名詞】蝶、花
【固有名詞】東京、富士山
【代名詞】私、彼

「蝶」と「花」は一般的に使われる普通名詞、「東京」と「富士山」は特定のものを示している固有名詞、「私」と「彼」は指し示す形でそのものを表している代名詞である。

代名詞に言い換える

ここまで名詞について長々と触れてきたのは、小説を書く際に普通名詞や固有名詞を代名詞に置き換えた方がいいと思われるパターンがよく見受けられるからだ。

次の文章を例にしてみよう。

スティーブンとレナが図書館で発見した、『夢の中へ』というタイトルの古びた本。一見、ただの小説のように思われた『夢の中へ』には、実は宝の在り処を示した暗号が隠されていた。それによると、どうやら

宝は図書館の敷地内のどこかに埋められているようだ。

スティーブンがすっかり暗号を本物だと信じ込み、探しに行こうとレナに伝えると、レナは苦い顔をした。そんなもの偽物に決まっている、と。スティーブンの考えをはっきりと否定したのだ。

それじゃあ一人で探しに行くからレナは図書館で待っていればいいと告げると、レナは途端に慌てだした。スティーブン一人では危ないから、しょうがないからついていく――そう言って、図書館から出ていこうとするスティーブンの後を追いかける。

こちらの例文の中には、普通名詞や固有名詞を代名詞に置き換えた方が読みやすくなる箇所がいくつか存在している。発見するポイントとして、「ひとつの文の中に同じ言葉が複数含まれていないか」を確認するのが最も重要だ。これが当てはまるのが、次のみっつの文章である。

❶スティーブンがすっかり暗号を本物だと信じ込み、探しに行こうとレナに伝えると、レナは苦い顔をした。

❷それじゃあ一人で探しに行くからレナは図書館の中で待っていればいいと告げると、レナは途端に慌てだした。

❸スティーブン一人では危ないから、しょうがないからついていく――そう言って、図書館から出ていこうとするスティーブンの後を追いかける。

ひとつ目とふたつ目の文章には「レナ」という単語が、みっつ目の文章には「スティーブン」という単語が二回出てくる。どちらも固有名詞だ。

主語を何度も繰り返すとくどい印象になるという話をすでにしたが、同じ単語の繰り返しも同様である。なるべく一文の中に同じ言葉が複数回出てくるのは避けた方がいい。

この時に便利なのが代名詞だ。代名詞は、普通名詞や固有名詞の代わりに使うことができる言葉である。同じ言葉が二回以上出てきた場合、代名詞に置き換えてもすんなり意味が通じる箇所を探してみよう。

先に挙げたみっつの文章の場合だと、次のように置き換えることができる。

❶スティーブンがすっかり暗号を本物だと思い込み、探しに行こうとレナに伝えると、彼女は苦い顔をした。

❷それじゃあ一人で探しに行くからレナは図書館で待っていればいいと告げると、彼女は途端に慌てだした。

❸スティーブン一人では危ないから、しょうがないからついていく——そう言って、図書館から出ていこうとする彼の後を追いかける。

「レナ」と「スティーブン」を、それぞれ「彼女」と「彼」に置き換えた。こうすることで、文章のリズムが良くなった。

また、一文の中でなくても、近い位置で同じ単語が繰り返されている場合も気を付けた方がいい。例文の中だと、次の部分が該当するだろう。

❶スティーブンとレナが図書館で発見した、『夢の中へ』というタイトルの古びた本。一見、ただの小説のように思われた『夢の中へ』には、実は宝の在り処を示した暗号が隠されていた。

❷それじゃあ一人で探しに行くからレナは図書館の中で待っていればいいと告げると、レナは途端に慌てだした。スティーブン一人では危ないから、しょうがないからついていく——そう言って、図書館から出ていこうとするスティーブンの後を追いかける。

ひとつ目は『夢の中へ』という本のタイトルが繰り返されている。これは二回目に出てくる『夢の中へ』を「その本」と置き換えることができる。

またふたつ目は、「図書館」という単語が近い位置にある。こちらは普通名詞である分、比較的固有名詞よりも繰り返し気にならない。が、この例文全体の中に「図書館」という単語が何度も出てきているため、少々引っかかりを覚える。こちらも次のように代名詞を用いた方が、スムーズに読むことができるだろう。

それじゃあ一人で探しに行くからレナはここで待っていればいいと告げると、レナは途端に慌てだした。

接続詞

接続詞の役割

スムーズな文章を書くうえで、接続詞が重要な役割を果たす。接続詞とは前後の単語や文章を繋げる働きを持つ言葉で、「だから」「そして」「なお」「さらに」などは全て接続詞にあたる。

試しに、接続詞を一切使わない文章を例に挙げてみよう。

パソコンに向かって課題に集中していた。部屋のドアがいきなりノックされた。「ご飯ができた」と母が呼ぶ。課題はまだ中途半端なところだった。キリが良いところまでやってしまいたい。

どうだろう。文章が途切れ途切れで、箇条書きのような印象を受けるのではないだろうか。

接続詞を用いずに書くと、前後の文章がつながらないため、流れが悪く箇条書きのようになってしまう。これを改善するために、今度は先ほどの文章に接続詞を入れてみよう。

パソコンに向かって課題に集中していた。すると部屋のドアがいきなりノックされた。「ご飯ができた」と母が呼ぶ。しかし課題はまだ中途半端なところだった。キリが良いところまでやってしまいたい。

ここで追加したのは、「すると」と「しかし」のふたつの接続詞である。言葉をふたつ追加しただけだが、それぞれの文章に繋がりができて、流れが良くなったのがわかるだろう。

このように、接続詞は文章を読みやすくするうえで非常に大事な言葉だ。自分の書いた文章を読み直して、どことなく箇条書きだと感じられたら、接続詞が使われているかどうかをチェックしてみよう。

多用は逆効果

接続詞を使用することで文章の流れが良くなるとは言ったものの、だからと言って接続詞を多用しすぎると逆に読みにくくなってしまう可能性もある。

例えば、次のような文章だ。

まだ早朝の肌寒い時間帯に外に出た。なぜならコンビニに朝食を買いに行くためだ。ちなみに道を歩いている人はほとんどいない。ただし途中で一度、犬の散歩をしている老人とすれ違った。

二文目以降、全ての文章の頭に接続詞がついている。少々言い回しがくどいように感じられるはずだ。

この文章から接続詞を全て取り除いてみると、以下のようになる。

まだ早朝の肌寒い時間帯に外に出た。コンビニに朝食を買いに行くためだ。道を歩いている人はほとんどいない。途中で一度、犬の散歩をしている老人とすれ違った。

こちらの文章でも、充分に意味は通じる。むしろ接続詞の繰り返しがなくなった分、スムーズに読めるのではないだろうか。

このように、毎度文章の頭に接続詞をつければいいというわけではなく、心地よいリズムを作ることを意識するのが大事なのだ。その時々によって、接続詞をつけた方が良いのか否かは変わってくる。

接続詞に限らないが、文章の表現において「こうすれば確実」「こうするのが正解」というものはない。自分でその都度見極め、最適だと思える言葉や表現を選んでいかなければならないのだ。

接続詞の種類

接続詞にも色々な種類がある。「**だから**」や「**そのため**」は順接の接続詞だ。前の事柄を受けて、その結果として後の事柄が起きるという意味を持つ。

例

今日は昨日よりも寒く感じられた。だから私は上着

を着て出かけることにした。

それに対して、前の事柄で想定されるものとは逆の事柄になることを示すのに使われるのが、逆接の接続詞だ。「**しかし**」や「**ところが**」、「**けれども**」などがこれにあたる。

例

朝はきれいな青空が広がっていた。しかし午後から曇り始めた。

並列の接続詞は、前の事柄と後の事柄を並べる時に用いられる。「**また**」や「**かつ**」などがそうだ。

例

植物の成長には水が必要だ。また日光も必要だ。

並列に似たもので、前の事柄に後の事柄を付け加える接続詞として「**しかも**」や「**そして**」といったような添加の接続詞もある。

例

うちの近所にはコーヒーの美味しい喫茶店がある。しかも店の雰囲気も良い。

前の事柄について補足を行う時に使われるのは、「**なお**」や「**ただし**」などの補足の接続詞だ。

例

空腹時を避けて規定の用量を服用すること。なお服用間隔は三時間以上空けるように。

「**または**」や「**あるいは**」などは、前の事柄と後の事柄のどちらかを選ぶような時に使われる対比の接続詞だ。また、前の事柄と後の事柄を比較するような対比の接続詞に「**一方**」などもある。

例

当日は電車、またはバスで集合場所に向かおうと思っています。

前の事柄から話題が変わるような場合に使われるのが「**さて**」や「**ところで**」などの転換の接続詞である。

例

永遠に続くかのように思われた授業は今日も無事に

終わった。さて、帰りはどこに寄り道しようか。

この他にも、様々な接続詞が存在している。普段は「この接続詞はどこに分類される」といったことを特に気にせず使っているだろうが、接続詞にどういった種類があるのかを調べてみると、理解が深まって面白いだろう。

☑ 意味合いの変化

うっかり分類の異なる接続詞を使用してしまうと、全く違う文章になってしまうこともある。次のふたつの例文を見比べてみよう。

❶昼休みはあまり長くない。だから私はコンビニまで走った。

❷昼休みはあまり長くない。しかし私はコンビニまで走った。

ひとつ目の文章には、順接の接続詞である「だから」、ふたつ目の文章には逆接の接続詞である「しかし」が入っている。

ひとつ目の文章は、「時間がないので急いでコンビニへ行った」という風に捉えられる。あまりゆっくりはできないので、急いで昼ご飯を買って食べよう、というような状況だ。

一方、ふたつ目の方は「時間がないけれどコンビニへ行った」という意味を表す文章となっている。昼ご飯を食べられるかどうかギリギリのところだけど、急いで買いに行った、といったところだ。

接続詞以外は同じ文章なのだが、ふたつ目の文章の方がより切羽詰まった状況である風に受け取ることができるだろう。異なる分類の接続詞を用いることで、このような違いが起きるのだ。

日頃から何気なく使っている接続詞だ。毎度毎度「この接続詞の使い方は正確だろうか」と調べながら執筆しなくとも、正しく前後を繋げるための接続詞の分類は、無意識に染み付いているかと思われる。それでも絶対に間違いを犯さないとは言い切れないので、不安になったら確認のために分類を調べるようにするといいだろう。

☑ 助詞と助動詞

これまでに見てきた名詞や接続詞は、いずれも自立語と呼ばれるもので、それ単独でも意味を表すことのできる言葉だった。

これに対し、付属語と呼ばれる言葉は単独では意味を表すことができない。助詞や助動詞がこの付属語に該当する。

助詞とは他の自立語に付属して、その語句と他の語句の関係を表したり、意味を加えたりするような言葉のことだ。具体的に言うと、

美味しいケーキを食べた。

この中で、「美味しい」「ケーキ」「食べた」はそれぞれ単独でも意味を表すことができる。つまり助詞は「を」のみということになる。

そして助動詞は、他の言葉に付属して使われるという点は助詞と同じである。大きく違うのは助動詞には「活用」があるところだ。

国語の授業で、未然形・連用形・終止形・連体形・仮定形・命令形という活用の仕方を習ったことがあるだろう。長くなるので詳しい説明はここでは省くが、そういった活用のあるものが助動詞となる。

次の例文のうち、助詞と助動詞を抜き出してみよう。

そんな予定は知らない。

助詞は「は」、そして助動詞は「ない」になる。「知る」という動詞にくっつき、打ち消しの意味を持つ助動詞だ。

この「ない」は、他にも「なかろう」「なかった」「なければ」などの形に変化させることができるので、活用のある付属語だということがわかる。

助詞の種類

さて、ここまで助詞と助動詞について解説してきたが、今回主に触れたいのは助詞の使い方に関することだ。

助詞の種類にも、様々なものがある。ひとつ目は格助詞と呼ばれるもので、主に体言（主語となることができる言葉）につき他の語句との関係性を表すものである。

例

が、の、を、に、へ、と、より、から、で、や

ふたつ目は接続助詞で、主に活用のある語句につき文節をつなぐものである。接続詞とは違うものなので、混同しないように注意しよう。

例

と、ので、し、ても、のに、から、が、て

みっつ目の副助詞は、様々な語句について意味を添える働きを持ち、修飾したり意味を限定したりという役割を果たす。

例

は、まで、ばかり、など、さえ、やら、だけ、ほど、くらい

そして最後は、文の最後に用いて色々な意味を添える終助詞である。

例

か、の、な、ぞ、とも、よ、わ、ね、や

格助詞や副助詞の場合は前に体言を、接続助詞や終助詞の場合は活用のある動詞や形容詞などを当てはめるとわかりやすくなるだろう。順番に、それぞれの例のひとつ目を取り上げた場合、格助詞なら「私が」、接続助詞なら「行くと」、副助詞なら「明日は」、終助詞なら「休むか」という風になる。

「てにをは」がおかしい、とは

小説家を目指している方なら、「てにをは」という言葉を聞いたことがないだろうか。これはもともと、漢文を読む際に漢字の四隅に打たれた点に由来しており、現在では文章の中で主に助詞の使い方に違和感がある時などに、『てにをは』がおかしい」という形で使われる言葉だ。

「てにをは」がおかしい文章というのは、例えばどういったものだろうか。次の例文を見てほしい。

その噂話は友人に通して私の耳を入ってきた。

違和感のある文章になっているのがおわかりだろう。具体的に言うと、助詞の「に」と「を」の使い方が間違っている。

正しい文章に修正すると、以下の通りになる。

その噂話は友人を通して私の耳に入ってきた。

これなら自然と読める文章になっている。それぞれたった一文字の違いだが、それが文章を自然に読めるか否かを大きく左右していることがわかるだろう。

また接続詞と同じように、異なる助詞を使うことで文章の意味合いが変わってくる場合もある。例えば、以下のみっつの例文を見比べてみてほしい。

❶私は名前を呼ばれた。
❷私も名前を呼ばれた。
❸私だけ名前を呼ばれた。

ひとつ目の文章は、普通に「名前を呼ばれた」という事実を指しており、「私」が一人でいたとしても二人でいたとしても成立する文章だ。これに対し、残りのふたつの文章は「私」が誰かといなければ成立しない文章となっている。

ふたつ目の文章は「私も」となっているので、「私」の他にも誰かが名前を呼ばれていることがわかる。一方、みっつ目は「私だけ」と限定しているので、他にも誰かがいるけれどその誰かは名前を呼ばれていないことが前提の文章だ。

このように、たった一文字や二文字の助詞でも、それが持つ役割は大きい。細かい部分だが、疎かにはできないものである。

同じ音の連続

助詞の誤用以外にも、小説を書く際に気を付けたいことがある。それは、音の連続だ。よくやってしまいがちな例として、次のような文章がある。

桜の花の香りのピンク色の入浴剤をもらった。

見ての通り、「桜の」「花の」「香りの」「ピンク色の」という風に、助詞の「の」が連続していることがわかる。あまりにも同じ文字が連続すると、文章のリズムが悪くなってしまう。

省略できるところは省略し、また別の言葉に置き換えられるところは置き換えるようにするといいだろう。修正したものが次の文章だ。

桜の花の香りがするピンク色の入浴剤をもらった。

「香りの」という言葉を、「香りがする」という言い回しに変えたことで、「の」の連続を解消した。

では、どれくらい音が連続したら修正した方がいいのだろうか。目安としては、三つ以上音が続いたら修正するように心がけた方がいいかと思われる。

また「の」は連続しやすい助詞として特に気を配るべきだが、他にも「から」などが意外と続きやすい。例えば、次のような文章だ。

賞味期限が近いから、叔母からもらったお菓子から先に食べていくことにした。

このうち、近い「から」は接続助詞、叔母「から」とお菓子「から」が格助詞となっている。特に接続助詞の「から」と格助詞の「から」は、意味合いが違うので無意識に重複させてしまいやすい。しかし音にした場合、やはり同じ言葉が入っていると少々引っかかりがあるので、言い換えた方がいいだろう。

この例文は、以下のように修正することができる。

賞味期限が近いので、叔母にもらったお菓子から先に食べていくことにした。

読点と句点

変わる意味合い

文章を書く中で、読点や句点の存在をどれくらい意識したことがあるだろうか。人によっては、添え物程度の認識にすぎないかもしれない。

しかし読点や句点も、ここまでに触れてきた接続詞や助詞などと同じように、使い方によって文章の意味をがらりと変えてしまうことがある。文章を構成する大事な要素のひとつなのだ。

次の例文を見てみよう。

彼は悲しげに彼女が去っていくのを見送った。

この段階ではどこにも読点が入っていない状態で、ふた通りの解釈が可能な文章となっている。では、この文章に読点を加えたパターンをふたつ用意してみよう。

❶彼は、悲しげに彼女が去っていくのを見送った。
❷彼は悲しげに、彼女が去っていくのを見送った。

ひとつ目の文章とふたつ目の文章で意味合いが変わることにお気づきだろう。ポイントは、「悲しげ」という言葉がどこにかかっているのか、ということだ。

ひとつ目の文章では、「彼女」にかかっている。「悲しげ」なのは、去っていった彼女のことを表しているという状態だ。

それがふたつ目では、「悲しげ」は「彼」にかかっているように読み取れる。見送った彼の方が「悲しげ」だった、という文章だ。

このように、読点の位置が変わると文章の解釈も異なってくる。

読点の多さと少なさ

単純に「読点が多すぎる人」「読点が少なすぎる人」

も存在する。これは執筆者の癖によるところがほとんどかと思われる。

次に用意したのは、読点が多すぎる文章だ。

閉店間際のスーパーに行くと、とても美味しそうな惣菜が、安い値段で売られていたので、今日の晩ご飯は、それで済ませることにした。

一見すると、そこまで読点が多いようには感じられないかもしれない。しかし、頭の中で声にしてみるとわかりやすくなる。ぷつぷつと途切れがちの文章になり、スムーズに読めるとは言い難いだろう。

この文章なら、次のように読点を減らした方が読みやすくなる。

閉店間際のスーパーに行くと、とても美味しそうな惣菜が安い値段で売られていたので、今日の晩ご飯はそれで済ませることにした。

読点をふたつに減らしたが、それによって意味が通りにくくなるということもなく、文章の流れが良くなったように思える。

それでは逆に、読点が少なすぎる文章というのはどういったものだろうか。

彼は運動神経が優れており学校の運動会の個人種目ではほとんど一位を取っていたし体育の成績も常に良かったので部活ももちろん運動系を選ぶのだろうと思っていたが意外にも美術部に入ると言い出した。

こちらは長い文章の中に読点がひとつしかない。特に後半——読点の後は、先ほどと同じように頭の中で声にしてみると、息継ぎをする箇所がないほど長い文章になっているのがわかる。

読点を打つことによって、分けられたひとつひとつの短い文の意味を頭の中で理解しながら読み進めることができる。しかし読点が少なければ、その文の中に入っている情報量が多すぎるため、逆に内容が頭に入ってこない原因になりやすいのだ。

そのため、程よいところで読点を打ち、読みやすい文章を作ることで、読者が文章内の情報を理解しやすくする必要がある。先の例文に読点を増やしたのが、次の文章だ。

彼は運動神経が優れており、学校の運動会の個人種目ではほとんど一位を取っていたし、体育の成績も常に良かったので、部活ももちろん運動系を選ぶのだろうと思っていたが、意外にも美術部に入ると言い出した。

これでひとつひとつの情報が区切られてわかりやすくはなったのだが、まだ長ったらしい印象が否めない。

そこで活かしてほしいのが句点の存在だ。文章を分ける、という話をしてきたように、読点だけでなく句点も用いることで、文章はさらに読みやすくできる。

彼は運動神経が優れており、学校の運動会の個人種目ではほとんど一位を取っていたし、体育の成績も常に良かった。なので部活ももちろん運動系を選ぶのだろうと思っていたが、意外にも美術部に入ると言い出した。

読点が何度も連続しており、一文として長すぎると感じた場合は、このように句点も駆使しよう。

自分の文章は読点が少なすぎないか、あるいは逆に多すぎるのではないか、今まで意識したことがなかったという人は、一度見直してみてほしい。また自分の癖に自分で気付くのは難しいので、他人に文章を読んでもらって読点の多さ、少なさは気にならないかと聞いてみるのも有りだ。

☑ 文字の視認性

また読点を打つ際には、音だけでなく目で見た時の文字の読みやすさにも気を付けたい。

どういうことかというと、漢字の単語同士やひらがなの単語同士が連続する時、それぞれを個別の単語として認識しづらくなることがある。読点には、それらの単語同士を分断して読みやすくする役割もあるということだ。

例えば、次のようなセリフがあったとしよう。

「私明日はお弁当いらないから」

実際に声にしてみると全く違和感のないセリフだ。しかし「私」と「明日」という別々の単語同士がつながっているため、バランスがあまり良くないように思える。

声に出した時のイメージとしては確かに「私」と「明日」が繋がっているような音になるだろう。そのため、文字にする時もイメージのまま繋げて書いてしまいやすい。

しかし、その実際に口にする時の音のイメージをそのまま文章に表すと文字の視認性が無視されてしまうということはよくある。目で見た時の読みやすさというのはこういうことで、この「私」と他の単語が漢字続きになっているような文章はよくやりがちな例として挙げさせてもらった。他にも誰かに呼びかけているようなセリフの時も、相手の名前とその下に続く文章の頭が漢字続きになりやすい。

特に気を付けなければならないのは、別々の単語であるはずのものがうっかり繋がってしまって他の意味を表すような言葉が形成されてしまう場合だ。「昼」と「休み」を繋げると「昼休み」になる、という風に。こういったパターンでは、ふたつの単語の間に読点を入れることで、それぞれを別の言葉として視認しやすくなる。

「私、明日はお弁当いらないから」

「私」と「明日」の間に読点が入ったことで、それぞれが別の単語であることが一目でわかるようになった。

もちろん、漢字同士の単語やひらがな同士の単語が繋がっている全ての部分に、読点を入れる必要はない。それだとおかしな文章になってしまったり、読点が多すぎる文章になってしまったりすることもあるだろう。

また、漢字同士の単語が続いているが読点を入れるのは適切ではないという場合には、間に助詞を用いる方法もある。文章を見極めて、読点や句点を上手に利用するようにしよう。

一文の長さ

☑ 読みやすい文章とは

一文が長いと混乱を生む文章になりやすいという話を度々してきたので、では読みやすい文章の長さとはどのくらいなのか、という部分に触れてみる。

先に結論から言ってしまうが、「一文を何文字にするのが正解」という明確な答えはない。ひとつの考え方として、二十五〜三十五字辺りというものがある。しかし短い文章の方が臨場感を出せる場合や、長い文章の方が独特の雰囲気を演出できる場合など、様々なパターンが考えられるため、それが絶対とは限らない。

そのため一概に「これ」と断定することはできないが、ここはあくまで一般的に読みやすいのはどのくらいの長さなのか、という観点から見ていこうと思う。

まずはこちらの文章だ。

今日は誕生日だ。学校に行った。友達がプレゼントをくれた。嬉しかった。

意味はわかるのだが、ひとつひとつの文章が明らかに短く、ぶつぶつ途切れているような印象が否めない。もっとまとめられそうだ。

今日は誕生日だ。学校に行くと友達がプレゼントをくれた。嬉しかった。

先程よりもかなり自然な文章になった。これなら文章がぶつ切りになっているという印象もない。

では、さらに文章を繋げてみるとどうなるだろう。

今日は誕生日だったので、学校に行くと友達がプレゼントをくれて嬉しかった。

読めないことはないが、先程よりも少しだらっとした文章になっているように思える。

ここで考えてもらいたいのは、文章の中のどこを強調したいのかということだ。この例の場合であれば、強調したいポイントはふたつある。

ひとつは、今日が誕生日であるという事実。この後に来る文章の大前提となる部分なので、まずここを強調したい。

そしてふたつ目は「嬉しかった」という感情。「○○して○○したから嬉しかった」というような書き方にするよりも、ここは「嬉しかった」とたった一言で表現した方が、その感情がダイレクトに伝わってくる。

ふたつ目の例文を見てもらえばわかるように、今回はその強調したいポイント二箇所が短い文章でまとまっている。みっつ目の例文のように、情報を一文の中に全て詰めてしまうと、この強調したいポイントというのが見えてこない。「嬉しかった」という感情も、説明に紛れていていまいち伝わってこない。

このように、どこを強調したいのかを考えて一文の長さを考えてみるという方法がある。

情報の整理

長いと感じた文章をいくつかに分ける時、文を切るにあたってどの情報同士を組み合わせるのが適切かというところにも気を付けたい。例えば次のような一文があったとしよう。

裏路地に入っていくと、木造の古びた建物の軒先に小さな看板が提げられており、小さなガラス窓のついたドアのある喫茶店を見つけた。看板には『ｃａｆｅ』の文字が書かれており、建物自体に窓のようなものは見当たらなかったので、僕はドアの小さなガラス窓から、中を覗き込んだ。

こちらの文章は、一文が長いうえに情報同士のつなぎ合わせがうまくいっていない例だ。まず、分散している情報を探してみよう。

この場合、分散している情報はふたつある。ひとつは「看板」、もうひとつは「窓」だ。このふたつは、同じ対象に関する情報が複数存在するのに、それがバラバラに提示されている。

まずは「看板」から見てみよう。文中で、看板に関する情報は次の二箇所となる。

❶軒先に小さな看板が提げられており

❷看板には『ｃａｆｅ』の文字が書かれており

このふたつはどちらも看板に関する情報であるにもかかわらず、間に「小さなガラス窓のついたドアのある喫茶店を見つけた」という別の対象に関する情報が挟まっているため、情報が分断されている。

同様に、「窓」の情報も次のように分かれている。

❶小さなガラス窓のついたドア

❷建物自体に窓のようなものは見当たらなかった

❸ドアの小さなガラス窓から、中を覗き込んだ

このうちふたつ目とみっつ目に関しては文章がつながっているものの、ひとつ目は看板の情報によって分断されていることがわかる。

また情報を出す順番に関しても注意しよう。先の例文では、「喫茶店を見つけた」という情報の後に、「看板には『ｃａｆｅ』の文字が書かれており」とある。

しかし普通に考えれば、『ｃａｆｅ』と看板に書かれているのを見て、この建物が喫茶店だと気付く流れのはずだ。文中ではその順番が逆になっているため、情報の順番がおかしく感じられる。

以上のことに注意しながら修正した文章は、次のようになる。

裏路地に入っていくと、木造の古びた建物を見つけた。軒先には小さな看板が提げられており、『ｃａｆｅ』の文字が書かれている。どうやら喫茶店のようだ。ドアに小さなガラス窓がついているが、建物自体に窓のようなものは見当たらない。僕はその小さなガラス窓から、中を覗き込んでみた。

長い文章を適度に切る場合は、このように分散している情報のつなぎ合わせや、情報を提示する順番といったものに気を付けながら修正するようにしよう。

例文

僕が住んでいるアパートの近くにあるパン屋ではきれいな女性が働いていて、早朝に家を出ると道路を挟んだ向かい側にあるその小さなパン屋の開店準備をしている彼女と鉢合わせることがあり、いつも笑顔で挨拶をしてくれる。

一文が長く情報が詰め込まれているため、ごちゃごちゃとしていて読みにくい。

情報を整理する

①パン屋の情報
アパートの近くにある、道路を挟んだ向かい側にある、小さなパン屋

②女性の情報
きれいな女性が働いている、開店準備をしている彼女と会うことがある

②彼女の対応
いつも笑顔で挨拶をしてくれる

情報ごとに文章を分けて読みやすくする

僕が住んでいるアパートの、道路を挟んだ向かい側には小さなパン屋がある。そのパン屋ではきれいな女性が働いていて、早朝に家を出ると開店準備をしている彼女と鉢合わせることがある。そういう時、彼女はいつも笑顔で挨拶してくれるのだ。

オノマトペ

オノマトペとは

「オノマトペ」という言葉を耳にしたことはあるだろうか？　オノマトペとは擬声語や擬態語のことだ。マンガで「ぎくっ」「ガタガタ」「きらきら」などの効果音が描き込まれているのを見たことがあるだろう。それらが擬声語や擬態語にあたる。

擬声語と擬態語の違いについて説明しよう。まず擬声語とは、実際に音として耳に聞こえるものを言語によって表した言葉で、人や動物の声などもこれに含まれる。

例

ワンワン、ドーン、パタン、トントン、コツコツ、ピッ、パチパチ

これに対して擬態語とは、実際には音として聞こえない物の状態や様子を表す時に使う言葉だ。擬態語が多いのは、日本語の特徴のひとつである。

例

さらさら、うろうろ、にやにや、こっそり、そよそよ、きゅん

この例を一通り見てお気付きの方も多いかと思うが、文章でオノマトペを表す時には、擬声語はひらがな、擬態語はカタカナで書くのが基本的なルールとなっている。

ただ、どちらに属するのかが曖昧なオノマトペが出て来る場合もある。そういう時にいちいち頭を悩ませるのは時間がもったいないので、自分が良いと思う方で表現すればいい。

例えば擬態語をカタカナで表記していたとしても、それを致命的なミスだと捉える人はいないだろう。あくまでも基本的な書き分けとして、頭に入れておくといい。

☑ 多用に注意

オノマトペの使い方で気を付けるポイントは、あまり多用しすぎない方がいい、というところだろう。使いすぎると、文章が稚拙に見えてしまうという注意点がある。

次の例文を見てもらいたい。

> 俺は剣をブンッと振るったが、奴はそれをひょいっとかわしてみせた。
> ガキーーーンッ!
> 「どうした、その程度か?」
> ケラケラと笑いながら、奴は手の中に炎の玉を出現させた。
> ゴウッ!
> 「くそっ」
> その勢いに圧されそうになりながらも、剣を横に構えて、盾にする。
> ジュウッ……
> かろうじて防ぐことができた。

特にオノマトペを多用しやすくなるのが、戦闘シーンだ。

マンガなどではたくさんの効果音が用いられ、迫力を出すのに一役買っている。そのイメージのまま小説を執筆するためか、同じように迫力を出す演出としてオノマトペを書いてしまいがちだ。

しかし当然ながら、そこに絵がある場合と文字だけで表現する場合とでは、オノマトペの使い方も変わってくる。上記の例文に含まれる「ガキーーーンッ!」や「ゴウッ!」などのオノマトペだけで迫力を表現しようとしているような部分は、何度も出てくることで逆に間抜けな印象を与えかねない。

また、説明不足や描写力がないという風にも受け取られてしまうだろう。文章で描写し、状態や状況を説明しなければならないところを、安易にオノマトペだけで表現しようとしているように見えてしまう。

例えば、「ガキーーーンッ!」は敵に避けられた剣が床などにぶつかった音だろう。しかしその描写が明確に書かれていないので、読者は何が起きているのかを推測することしかできない。

同様に、「ゴウッ！」も手から炎が放たれたのだろう、「ジュウッ……」は剣で遮られた炎が消えたのだろう、と推測しながら読み進めていかなければならない。これは明らかに作者側の説明不足、描写不足であり、読んでいてストレスが溜まる文章になってしまっている。

　そのような読者のストレスを減らすために、オノマトペだけに頼らずきちんと描写を入れていくようにしよう。また、オノマトペが頻繁に出てきているなと自分で感じたら、適度になくしていった方がいい。

　例文に描写を加え、オノマトペの数を減らしたものが次の文章になる。

俺は剣を振るったが、奴はそれをひょいっとかわしてみせた。

避けられた剣は大理石にぶつかり、大きな音を立てる。

「どうした、その程度か？」

嘲るように笑いながら、奴は手の中に炎の玉を出現させた。

そのまま奴が腕を振るうと、炎の玉はこちらに勢いよく飛んでくる。

「くそっ」

その勢いに圧されそうになりながらも、剣を横に構えて、盾にする。

消滅するような音がして、剣にぶつかった炎は眼前で消えた。かろうじて防ぐことができた。

　残したオノマトペは冒頭の「ひょいっ」のみである。他はオノマトペを削り、別の言葉に言い換えたり説明に変えたりした。

　オノマトペは先ほどより少なくなっているが、描写が増え、わかりやすくなったかと思う。このように、安易にオノマトペに頼りすぎず、描写で表現するように工夫しよう。

☑ オノマトペを封印してみる

　描写力を鍛えるためのレッスンとして、オノマトペを一切使わないで小説を書くという方法を試してみるのもいいだろう。

例えば先ほどの例文では、「ケラケラ」というオノマトペを「嘲るように」と言い換え、さらに「ジュウッ……」というオノマトペは「消滅するような音がして」と表現している。このように、オノマトペになる部分を、別の言葉を駆使して表現してみてほしい。

これは言い換える前に使われているのが擬声語であるなら、そこまで難しくないかと思われる。どんな風に聞こえるかを想像してみて、それを文章表現に置き換えればいい。「元気な犬の鳴き声」や「空気の抜けるような音」といったように。

だが擬態語の場合は、少々頭を悩ませることになるかもしれない。擬声語に比べて、擬態語の中にはごく自然に文章に溶け込むものも少なくない。それだけに、言い換えが難しくなる。

例に挙げた擬態語の中でいえば、「うろうろ」や「にやにや」といったものは比較的言い換えやすい。「うろつく」や「にやつく」といった動詞に置き換えることができるからだ。他にも「落ち着かない様子で歩き回っている」や、「薄笑いを浮かべている」などという風に言い換えることも可能だ。

しかし、質感を表す「さらさら」という擬態語を言い換えるには、どうすればいいだろうか。イメージとしては、布の手触りや粒子の細かい粉などが連想される。「さらさら」ならたった一言でその触感が想像できるが、この言葉を使わずに的確に表現するとなると、一言では難しいだろう。比喩的な表現を用いたり、触覚だけでなく、時には視覚や聴覚の情報を取り入れたりして、細かく描写する必要がある。

このように描写に頭を悩ませることになるため、オノマトペを封印して小説を書いてみるのは、文章力を上げるための良い練習になるだろう。一から自分で書いてみるのもいいが、オノマトペを使って執筆されている文章をもとに「このオノマトペを別の表現にするにはどうすればいいか」と考えて書き直してみるのもいい。元の文章と比較することができるので、意味が変わっていないか、別の言葉でも伝わる文章になっているかというのを確認することができる。

オノマトペは便利だが、それゆえに表現の幅が狭められることにもなりかねない。乱用しないことを心がけて、自分なりの表現を広げていってみよう。

人称

☑ 人称とは

小説を書くにあたって、「人称」は必ず考えなければならない。人称とは、簡単に言えば語り手と聞き手、そしてその他の存在を区別するものだ。

人称は三つに分けられる。ひとつは語り手を示す一人称。「私」「俺」「僕」などがこれにあたる。

ふたつ目は聞き手を示す二人称だ。「君」「あなた」「おまえ」などがここに含まれる。

そしてみっつ目は、その他の存在を示す三人称。「彼」「彼女」「彼ら」といったものだ。

これらの「人称」は、小説を執筆する際の文体を決める要素にもなる。つまり、「私」による一人称で書かれている文章なのか、「彼」による三人称で書かれている文章なのか、という違いが出てくるのだ。

もっと詳しく解説していこう。一人称で書かれる小説は主人公の視点で進んでいくものが多く、地の文が「私は」「俺は」といった形で書かれている。

これに対して三人称は、「彼は」あるいは「○○は」といった形で、主人公ではなく第三者の視点から物語が進んでいくのを書いているような形になる。

小説に用いられるのは一人称か三人称のどちらかがほとんどで、二人称が使われることは稀である。「あなたは」「君は」という聞き手側の視点で物語を進めていくのは非常に難易度が高いからだ。

次の例文は、同じシーンを一人称と三人称で書き分けたものだ。違いを意識しながら読んでみてほしい。

【一人称】

イライラする気持ちを抑えきれず、僕は足音荒く廊下を突き進んでいた。

すれ違う生徒が何事かといった様子でこちらを見てくるが、知ったことか。

全部あいつが悪い。一言文句を言ってやらなければ気が済まない。

【三人称】

イライラする気持ちを抑えきれない光輝は、足音荒く廊下を突き進んでいた。すれ違う生徒は、何事かといった様子で彼の方を見る。しかし光輝にとっては、そんなことはどうでもよかった。(全部あいつが悪い)その怒りの対象へ一言文句を言わなければ、光輝の気持ちは鎮まりそうになかった。

まず例文を一目見て最もわかりやすい違いといえば、心の声の表現だろう。

一人称の方は、地の文でそのまま「全部あいつが悪い」と書き表している。一人称は語り手の視点で物語が進められているので、語り手――この例文の場合は光輝という人物がそれにあたるのだが、その語り手が思ったこと、考えたことを直接地の文に反映することができる。

しかし三人称ではこの表現はできない。物語を眺めているのは第三者の視点からなので、登場人物である光輝の心の声を同じように直接表すことは不可能だ。そのため、三人称では丸括弧を使って心の声を表現している。

メリットとデメリット

一人称と三人称にはそれぞれメリットとデメリットがあるのだが、ここがポイントのひとつだ。一人称にはこの心の声や感情といった表現がしやすいといったメリットがあり、反対に三人称はそれらの表現が俯瞰(ふかん)的になってしまうので、心情がダイレクトに伝わりにくいというデメリットがある。

例文を見ても、「怒り」の気持ちが伝わりやすいのは一人称の方だ。「知ったことか」といった表現から、頭に血が上っていることがよくわかる。

しかし、三人称にもメリットはある。三人称の良いところは、俯瞰的に見ているからこそ状況の説明がしやすかったり、事態を冷静に解説したりしやすいところである。

この例文でいえば、最後の一文にその差が表れている。一人称の方が「一言文句を言ってやらなければ気が済まない」となっているのに対し、三人称の方は「その怒りの対象へ一言文句を言わなければ、光輝の気持ちは鎮まりそうになかった」となっている。

どちらも同じようなことを言っているのだが、三人称の方がより冷静に、かつ詳細に状況が説明されているのを見て取ることができる。また、この例文には「光輝が誰に、なぜここまで怒っているのか」という説明が入っていないが、三人称の方には入れることが可能だ。

試しに説明を入れてみよう。

イライラする気持ちを抑えきれない光輝は、足音荒く廊下を突き進んでいた。

すれ違う生徒は、何事かといった様子で彼の方を見る。しかし光輝にとっては、そんなことはどうでもよかった。

彼は昨日、部活仲間である義之の連絡ミスのせいで、大事なミーティングに出席することができなかったのだ。

（全部あいつが悪い）

その怒りの対象へ一言文句を言わなければ、光輝の気持ちは鎮まりそうになかった。

これで光輝がなぜ怒っているかの理由が判明した。しかし一人称で同じように説明を入れようとすると、少し違和感のある文章になる。

イライラする気持ちを抑えきれず、僕は足音荒く廊下を突き進んでいた。

すれ違う生徒が何事かといった様子でこちらを見てくるが、知ったことか。

俺は昨日、部活仲間の義之の連絡ミスのせいで、大事なミーティングに出席することができなかったんだ。

全部あいつが悪い。一言文句を言ってやらなければ気が済まない。

明らかに頭に血が上っている様子なのに、説明が入っている箇所だけやけに冷静で、おかしく感じられる。また「部活仲間の義之の」とわざわざ関係性の説明が入っているのも不自然だ。明らかに光輝が、「義之が誰なのかを知らない読者に向けて説明」している文章になってしまっているのである。

このように、三人称には状況を説明しやすいというメリットがあり、一人称は逆にそういった客観的な視点からの説明を入れることが難しいのがデメリットである。

☑ 一人称寄りの三人称

また近年では、一人称寄りの三人称で書く作家も多い。これは、一人称のように視点をキャラクター側に固定し、心の声も直接地の文に入れながらも、「彼は」「○○は」といったような三人称の書き方をする方法である。試しに、先の例文を一人称寄りの三人称で書き直してみる。

【一人称寄りの三人称】

イライラする気持ちを抑えきれない光輝は、足音荒く廊下を突き進んでいた。すれ違う生徒が何事かといった様子でこちらを見てくるが、知ったことか。光輝は昨日、部活仲間である義之の連絡ミスのせいで、大事なミーティングに出席することができなかったのだ。全部あいつが悪い。一言文句を言ってやらなければ気が済まない。

三人称のメリットである冷静な状況説明も取り入れつつ、感情は一人称のようにダイレクトに表現されている。一人称と三人称の良いとこ取り、といったところだろう。

自分にどの書き方が向いているのかわからない、人称を意識せずに書いていた、という人もいるだろう。そういった人は、まず全ての書き方を試してみるといい。原稿用紙数枚分の短い物語で構わないので、様々な人称で書き比べてみる。

そうすることで、自分にしっくりくる書き方というものが見つかるはずだ。

「ら」抜き言葉

「ら」抜き言葉とは

小説を書く際に気を付けてほしいことのひとつとして、「ら」抜き言葉がある。「ら」抜き言葉とは、可能の助動詞「られる」から「ら」を抜いた言葉のことだ。代表的な「ら」抜きの一例を紹介しよう。

❶見られる↓見れる
❷来られる↓来れる
❸食べられる↓食べれる

友人などに予定を尋ねた際、「明日来れる？」というような聞き方をしたことのある人もいるのではないだろうか。しかし、実は「来られる」が正しい言葉遣いなのである。

この「ら」抜き言葉、現在では何の疑問も持たずに使ってしまっている人も多い。しかし文章を書く仕事となると、やはり正しい言葉遣いが求められるものだ。

「正しい言葉遣いは時代とともに変化するもの」という意見もあるが、今は一旦脇に置いておくとして、何にせよ小説などで「ら」抜き言葉を使うと修正が入るというのが現状である。そのことを踏まえ、「ら」抜き言葉を普段から意識して使わないようにするのを心がけておいた方がいいだろう。

見分け方

可能の助動詞には、「られる」だけでなく「れる」も存在する。「ら」抜き言葉の発生も、この「れる」と「られる」が混ざったことから始まったと考えられている。

可能の助動詞として「れる」が用いられる例としては、「乗れる」「登れる」「走れる」などがある。これらは「乗られる」「登られる」「走られる」という風に「られる」で表現するのは不自然だったり、可能ではなく受け身の意味を表す助動詞になってしまったりする。

では、どうやって「ら」抜き言葉を見分ければいいのだろうか。これにはいくつか方法があるものの、最も簡単だと思われる方法に、その単語を「勧誘」の形にするというものがある。

つまり、「見よう」「来よう」「食べよう」といったように、勧誘する形に言葉を変化させてみるのだ。そして、その言葉が「よう」の形で終わる時は可能の助動詞として「られる」を用いるのが正しく、それ以外の形で終わる時は「られる」はつかないとされている。

実際に、「ら」抜き言葉の例に挙げたみっつの単語は、どれも「よう」で終わっている。そして「乗れる」「登れる」「走れる」といった単語は、いずれも「乗ろう」「登ろう」「走ろう」という風に「ろう」で終わっており、「よう」の形には当てはまらないので、可能の助動詞に「れる」が用いられると判別できるのだ。他にも、「書く」「遊ぶ」などは「書こう」「遊ぼう」といった形で終わるので、やはり「よう」に当てはまらない。「ら」抜き言葉になっているのでは、と不安になった時は、このようにして判別してみるといいだろう。

喋る、起きる、乗る、取る、止める、考える、集める、泊まる

勧誘の言葉にして「よう」の形で終わるものは「られる」になり、それ以外の形で終わるものは「られる」にならない

「よう」の形で終わる	それ以外の形で終わる
起きよう、止めよう、考えよう、集めよう	喋ろう、乗ろう、取ろう、泊まろう

起きられる、止められる考えられる、集められる	喋れる、乗れる、取れる、泊まれる

☑ 文語と口語の違い

「ら」抜き言葉は日頃の会話の中でぽんぽんと出てきやすいものだが、それに関連して気を付けて欲しいのが、「文語と口語の違い」である。文語とは文章を書く時に使われる言葉のことで、口語とは会話をする時に使われる言葉のことだ。

次の例は、同じ内容の文章を文語と口語で書き分けたものである。

【文語】

時間通りに待ち合わせ場所に到着したものの、相手はまだ来ていないようだった。

【口語】

時間通りに待ち合わせ場所に到着したけど、相手はまだ来てないみたいだった。

はじめから順番に見ていくと、まず「ものの」と「けど」の違いに気付く。どちらも逆接の意味を持つ接続助詞だが、文語と口語で書き分けられているのがわかる。

次に、「来ていない」と「来てない」の違いがある。この「来てない」は「い」抜き言葉と呼ばれるもので、文章として書くには不適切と考えられているものだ。実際に会話する時などには、「まだ来ていないよ」と言うよりも「まだ来てないよ」と言うことの方が多いだろうが、元の言葉は「来る」＋「いない」という風に分けることができるので、「来ていない」と表記するのが正しい。

そして最後に、「ようだ」と「みたいだ」の違いがある。これもはじめの「ものの」「けど」と同じく、どちらも推定の意味を持つ言葉だが、文語と口語で使い分けられている。

このように文語と口語で書き分けると、同じ内容の文章でも文語の方がかっちりとした印象、口語の方が砕けた印象になる。

読みにくくならない程度の口語

小説だからといって、全ての文章を文語にしなければならないわけではない。小説にはセリフというものがある。そのセリフまで全て文語で書いてしまっては、堅苦しくて登場人物が喋っている言葉として不自然になってしまう。

セリフを書く時は、ある程度の口語を意識して書いた方がいいだろう。ポイントとなるのは「ある程度」という部分だ。これは、自分たちが普段喋っているような言葉をそっくりそのまま書き表すと、それはそれで読みにくいので、適度に文章に適した表現にする必要があるということだ。

例えば、普段喋っている時には先の例文に示した口語よりももっと砕けた表現になったり、「あー……」や「えっと」といった文脈に必要のない言葉が多く入ったり、文法がめちゃくちゃであったりするだろう。それをそのまま文章として書いてしまうと、読みづらかったり意味が伝わりづらい文章になってしまう。そのため、セリフであってもある程度は文章として読みやすい文章になるよう心がけた方がいい。

また一人称で小説を執筆する時はどうすればいいのか、というところにも触れたい。

一人称で書かれる地の文は、それがそのまま登場人物の心の声になるので、全てを文語にすると堅苦しくなりすぎるのでは、と考える人もいるだろう。これは確かにその通りで、一人称で書く際にもある程度の口語が入っていた方が、登場人物の心の声としてすんなり受け止めやすくなる。

ただ一人称の難しいところは、心の声でうまく状況説明なども入れていかなければいけない部分だ。そのようなシーンで口語が強く出ると、説明が頭に入りにくくなる。

よって、一人称で説明などを地の文に入れる箇所、それから三人称でも登場人物たちの会話の中に説明などを挟んでいく箇所では、できるだけ文語に近く、それでいて心の声やセリフとして不自然でない程度の口語を、というテクニックが求められるだろう。

ネット用語

ネット用語の扱い

普段使っている言葉、という意味で口語と同様に気を付けた方がいいのは、インターネット上で使われる特殊な言葉――いわゆる「ネット用語」の扱いだ。

ネットの大型掲示板やSNSなどで使われる用語には、その場特有のものが多く存在する。例えば、笑っていることを表す「www」や詳細を教えてほしい時に使う「kwsk」、落ち込んだ時に使われる「orz」などもネット用語にあたる。

当然ながら、これらの言葉は小説で使うべきではない。ネット特有の用語なので、あまり馴染みがない人には理解できない言葉である可能性が高い。

そして単純に、文章力のレベルが低いと見られてしまう。例えば、キャラクターのセリフや心情描写の後などに、表情を丸括弧で表す（笑）や（泣）、照れていることを表す「///」といったものがついていたら、読み手はどう思うだろうか。こういったネット用語を使わなければ表現ができないのかと受け取られてしまうだろう。

ただ、キャラクターがインターネットに詳しいという設定であったり、文章内で大型掲示板やSNSのやり取りを表したりするような場合に、ネット用語を登場させるのは大いに有りだ。そうすることによって、実際のやり取りを見ているようなリアリティを演出することができる。

要注意なネット用語

ここまで例として挙げてきたような、半角英字や記号を用いたネット用語をそのまま地の文に入れてしまうような人は、さすがにそういないと思われる。気を付けて欲しいのは、普通に会話の中などでも口にしやすいようなネット用語だ。

いくつか例を挙げてみよう。

【釣り】

嘘の情報で人を騙すなどして、その反応を得ようとすること。

【リア充】

「リアル（現実）の生活が充実している」の略。特に恋人がいる人や、交友関係が広い人のことを指す。

【ディスる】

人や物などを侮辱したり、否定したりすること。「無礼・不敬」という意味の英語「disrespect（ディスリスペクト）」が語源となっている。

【誰得】

「誰が得するんだ」の略。需要が低いと思われる作品や商品などに対して用いられる。

こういった日本語のみのネット用語は、パッと見ではネット用語だと気が付かないこともあるかもしれない。インターネットだけでなく、テレビなどでも使われるようになった用語も少なくないため、特に気にすることなく書いてしまうこともあるかもしれない。

しかしネット用語の中には、本来の言葉の使い方と違う用いられ方をしているものもある。例えば上記の「釣り」もそうで、本来は魚を釣ること、また「釣り銭」の略として使う言葉だ。

また、「禿同」というネット用語がある。これは強く同意を示す時に使われる言葉で、「はげどう」と読む。「激しく同意」という言葉が「激同」と略され、「禿同」と変化したものだ。

しかし、そもそも「激しく同意」という言葉は日本語としておかしい。意味としては通じるものの、日常でこのような言い回しを使ってしまうと、ネット用語を知らない人には違和感を抱かれるだろう。

だが「禿同」というネット用語に馴染みすぎている人は、その由来である「激しく同意」という言い回しを文章中で使ってしまうことがある。それが本来の言い方として間違っていると気がつかないまま書いてしまうのだ。

こういったミスがあるので、普段からネット用語に親しんでいる人は気を付けた方がいいだろう。特に日頃から使う頻度の高い用語ほど、文章でも書いてしまいやすいので要注意だ。

敬語

敬語を知る

外国人が日本語を難しいと言っている場面を見たことのある人もいるだろう。しかし日本語は、時に生粋の日本人であっても「難しい」と感じることがある。

敬語の問題に直面した時も、そういったパターンのひとつなのではないだろうか。バイトで接客業をしている時、目上の人にメールを送る時など、「自分の使っている敬語は正しいのだろうか」と不安に駆られたような経験がある人もいるかもしれない。

そこで、改めて敬語について確認していくことにしよう。敬語を知ることは、ビジネスシーンで活かせるのはもちろんのこと、小説を執筆する際にも役に立つ。

例えばインテリ系の登場人物が目上の人に対して間違った敬語を使っている、といったことになれば、「インテリ系」という設定が一気に胡散臭くなってしまう。そういった部分にリアリティを持たせるためにも、敬語について勉強しておくのは無駄なことではない。

敬語の種類

まず、敬語にはみっつの種類がある。ひとつ目は丁寧語だ。

丁寧語は、相手に敬意を表して品の良い言葉遣いをする時に用いられるものである。語尾に「です」や「ます」をつけたり、「お茶」や「お金」のように頭に「お」をつけたりして丁寧にしたものが丁寧語にあたる。

ふたつ目は尊敬語だ。尊敬語は、話の聞き手や話題の中の人物、その動作・状態などを自分より高めて表現する時に用いられる言葉である。「お聞きになる」や「お待ちになる」のような、「お……なる」といった形の表現になったり、「言う」が「おっしゃる」に変化するように単語自体が別のものになったりする。

また「何時に出られますか？」といったように、「られる」や「れる」をつける形で尊敬語にする場合もある。

そしてみっつ目が謙譲語である。これは聞き手や話題に上がっている人物などに対して、自分がへりくだることによって敬意を表す言葉だ。こちらは尊敬語で使われる表現が「お……なる」の形だったのに対し、「お聞きする」や「お待ちする」のような「お……する」という形になる。また尊敬語と同じく単語自体が変化するものも多く、謙譲語では「言う」は「申し上げる」となる。

このみっつのうち、特に使い分けが難しいとされるのが尊敬語と謙譲語だ。残りの丁寧語は相手がどのような場合であっても使われる表現なのだが、尊敬語と謙譲語は対象になっているのが誰なのかをよく考えて使わなければならない。相手を自分より高めるつもりで使った言葉が実は謙譲語で、逆に失礼になってしまった、というミスをしたことがある人も珍しくはないはずだ。そういった間違いを減らすために、尊敬語と謙譲語の使い分けについて知っておこう。

☑ 尊敬語と謙譲語

まず尊敬語と謙譲語の大きな違いは、「相手を高めるか」「自分がへりくだるか」というところにある。その動作を行っている主体の立場を高めるか、反対に主体の立場を低めるか、だ。

相手を敬う時に使われるのが敬語なので、基本的に「相手の動作」を表す時には尊敬語、「自分の動作」を表す時には謙譲語が使われる。

また自身の動作ではなくても、自分側の人間――例えば取引先の会社の人間と話していて、自分の会社の人間のことを示すような場合でも、謙譲語がふさわしい。人間が複数いたとしても、誰を高めて誰がへりくだるのかという部分を考えると、自然と尊敬語を使うべきか謙譲語を使うべきかが見えてくるだろう。

これらのことを踏まえたうえで、「尊敬語だと思って使っていたが謙譲語だった」という例をいくつか見ていこう。

❶皆様、ご拝聴ありがとうございました。

❷十時頃にこちらに参られるそうです。

❸その件については存じておられないようでした。

ひとつ目の文章は「ご拝聴」が誤りだ。「拝」という字は謙譲語に使われる言葉で、自分が聞く場合——つまり「ご講演を拝聴いたしました」といったような場合に使う。「拝」を使った言葉は、他にも「読む」の謙譲語の「拝読」、「見る」の謙譲語の「拝見」などがある。いずれも間違えて使いやすいので、気を付けよう。

この例文の場合、正しくは「皆様、ご清聴ありがとうございました」となる。他人が自分の話を聞いてくれることを敬って言う時の言葉が「清聴」なので、覚えておくといいだろう。

ふたつ目は、「参られる」が間違っている。「参る」は「来る」や「行く」の謙譲語なので、相手がこちらにやって来る場合にこの言葉を使うのは誤りだ。

「来る」の尊敬語には「いらっしゃる」や「お越しになる」などの表現がある。したがって、ふたつ目の例文は「十時頃にこちらにいらっしゃるそうです」のようにするのが正しい。

最後の例文は、「存じておられない」という部分が誤りだ。「存じる」には「知る」や「思う」、「考える」などの意味がある。この場合は「知る」の意味だが、「存じる」は謙譲語なので、「その件についてはご存じないようでした」とするのが正しい。

「存じる」が謙譲語なのに「ご存じ」は尊敬語なのか、と疑問に思う人もいるかもしれないが、実は「ご存じ」は漢字で書くと「御存知」となり、「存知」という熟語に「御」がついた形であることがわかる。つまり動詞である「存じる」は「ご存じ」とは別物であるということだ。

尊敬語と謙譲語の使い分けは、一見ややこしいように思える。だが、特に使う機会が多いと思われる尊敬語と謙譲語をそれぞれ頭の中にインプットしておけば、後は「動作を行っているのは誰か」を考えればどの言葉がふさわしいのかがわかるようになってくる。

☑ 二重敬語に注意

尊敬語や謙譲語を使う際にもうひとつ注意しなければならないのは、「二重敬語」と呼ばれるものだ。これは丁寧な言葉遣いを意識しすぎて、敬語が重複してしまうものである。

二重敬語の例には、次のようなものがある。

❶ご覧になられる
❷おっしゃられる
❸拝読させて頂く

ひとつ目とふたつ目は、尊敬語が重複しているパターンだ。「ご覧になる」は「見る」の尊敬語、「おっしゃる」は「言う」の尊敬語である。そのままでも尊敬語になっているのに、さらに「られる」という形で尊敬語にしているため、二重敬語になってしまっている。

そしてみっつ目は、謙譲語が重複しているパターンである。こちらも「拝読する」だけで「読む」の謙譲語になっているのに、「させて頂く」という言葉を使ってさらにへりくだった表現を加えている。

このように、丁寧を意識しすぎて過剰な敬語になってしまうと、回りくどかったり意味が伝わりにくかったり、下手をすると逆に失礼な印象を与える文章になりかねないので、注意が必要だ。

尊敬語　**相手を高める**ことで敬意を表す言葉

食べる→召し上がる　言う→おっしゃる　行く→いらっしゃる

謙譲語　**自分がへりくだる**ことで敬意を表す言葉

食べる→いただく　言う→申し上げる　行く→うかがう

使い分けに注意

☑ 同じ語尾の連続を避ける

小説を書く時、文末表現に気を遣っている人はどのくらいいるだろうか。おそらく小説家志望者の中で文末表現にまで注意を払えている人は、そう多くはないかと思われる。

そもそも、文末表現に気を遣うというのはどういうことだろうか。試しに、次の文章を読んでほしい。

地元に隠れた名店があると聞きつけた私は、その店を訪れてみることにした。

聞いた話によると、その店は住宅街の中にあるということだった。

住所を頼りに店を探してみたところ、本当にただの住宅にしか見えない建物に行き着いた。

住所を記した手元のメモと、目の前の住宅を何回も見比べてみた。しかし何回確認しても、ここで間違いないようだった。

一見、特に大きな問題はない文章に思われる。しかし、文末に目を向けてみよう。

一文の終わりが全て「た」になっているのがわかる。このように「た」で終わる語尾が連続するような文章は、小説家志望者の書く作品に珍しくない。

同じ文末で終わる文章が続くと、どのような問題があるのだろうか。これは一文一文が短い文章では特に目立ちやすいのだが、同じ表現が連続すると「箇条書きのような印象になる」という弱点がある。パッと見では問題がないように思える文章でも、頭の中で音にして読んでみると、どことなくリズムが悪いように感じられることがわかる。試しに、同じ文末表現が続く短い文章を並べてみよう。

初めて彼と二人きりで話した。落ち着きのない人だった。

けれど悪い人ではなさそうだった。こちらを気遣っているのがよくわかった。

先ほどよりも箇条書きの印象が強くなったのではないだろうか。語尾は文章のリズムを作る一端を担っているため、同じ表現が続くと単調なリズムになってしまうのだ。

このような印象の文章になるのを避けるために、小説を執筆する時には文末まで気を配りたい。具体的には、同じ語尾が三つ以上続くようであれば、言い換えた方がいいだろう。

最初の例文の語尾を修正すると、次のようになる。

地元に隠れた名店があると聞きつけた私は、その店を訪れてみることにした。

聞いた話によると、その店は住宅街の中にあるという。

住所を頼りに店を探してみたところ、本当にただの住宅にしか見えない建物に行き着いた。

住所を記した手元のメモと、目の前の住宅を何回も見比べてみる。しかし何回確認しても、ここで間違いないようだった。

修正したことで、語尾は「た」→「という」→「た」→「る」→「た」となった。語尾がバラけたことによって、文章全体に抑揚がつき、リズムが良くなっている。

このように、文末にまで気を遣うことで全体のリズムの印象が変わる。今まで気にしたことがなかったという人も、ぜひ見直してみてほしい。

☑ 体言止めの連続

「た」以外にも「る」や「い」などが続きやすい語尾として挙げられるが、同じ文字ではなくても連続して使用するのは避けた方がいい語尾というものもある。それが体言止めだ。

体言止めとは言葉通り最後を体言で終わらせることで、例えば次のような文章だ。

彼の目に留まったのは、一枚の美しい写真。

体言止めの効果は、文章に余韻や情緒を生み出せることにある。この例文も、「写真」の後に「だった」と続けることが可能だが、あえて「写真」で終わらせることで、文章に余韻を作っている。

体言止めは、バランス良く使うと非常に効果的だ。試しに次の文章を、体言止めに変化させてみよう。

平日の夕方に、私は一人で図書館を訪れた。本の返却がてら、その続きを借りていくことにしたのだ。前回借りたのは、タイトルだけは聞いたことのあったSF小説だった。内容をよく知らないまま借りたのだが、シリーズものになっている三部作の一作目のようだ。

この文章の末尾を、全て体言止めになるように修正してみるとどうなるだろうか。

平日の夕方に、私が一人で訪れたのは図書館。本の返却がてら、借りていこうと思ったのはその続き。前回借りたのは、タイトルだけは聞いたことのあったSF小説。内容をよく知らないまま借りたそれはどうやら、シリーズものになっている三部作の一作目。

このように全て体言止めで終わらせると、非常に読みづらく、また意味が読み取りづらい文章になってしまう。連続して何度も繰り返すと、体言止めが持つ余韻の効果が薄れてしまい、くどいだけの文章になる。

そのため体言止めも多用しすぎず、前後の文章との釣り合いを意識しながら使用することが大切だ。バランスを考えながら例文を修正するなら、体言止めにするのはみっつ目の「前回借りたのは、タイトルだけは聞いたことのあったSF小説」の文章だけで充分である。

☑ アクションシーンでの体言止め

スピード感が求められるアクションシーンでは、体言止めの歯切れの良さを活用しやすい。アクションシーンにおいては、長い文章を用いてひとつひとつの描写を丁寧に行うよりも、短めの文章を連続させることで臨場感を出すことができる。

次の文章を例にしてみよう。

瞬きをするような短い間、視界の端を閃光が過ぎった。それは鋭いほどに眩しい銀色の光だった。その閃光を目にするのと同時に、右腕に痛みが走る。

斬られたのだ、と頭で判断した。

すぐさま動物が跳ねるように飛び退って、相手の攻撃を受けない位置まで離れる。いつでも反撃できるように体勢を崩さないまま、奴から目をそらさずに前を見据えた。

熱が侵食してくるように、右腕がじわじわと痛みだす。それでも、この剣を落としてしまえば誇りを手放すのと同じことになる。

このアクションシーンには、スピード感が足りない。特に前半、閃光を視界に捉える↓右腕に痛みが走る↓斬られたと理解する↓飛び退る、という一連の流れは、自分も相手も命のやり取りをするために動き回っているという緊迫した状況なので、臨場感が求められる。しかし、ひとつひとつの描写が長ったらしくなってしまい、いまいち臨場感が出せていない。

この問題を解決するために、文章を短くして体言止めで歯切れよくなるようにしてみよう。

一瞬煌めいた銀の閃光。それを視界に捉えると同時に、右腕に走る痛み。

斬られた。

すぐさま飛び退り、相手から距離をとる。体勢を崩さないまま奴を見据えた。

じわじわと、熱を持つように痛む右腕。それでもまだ剣を落とすわけにはいかない。

体言止めを用いたことで、先程よりも臨場感やスピード感のある文章になったのではないだろうか。アクションシーンではこのように、短い文章との組み合わせで体言止めの持ち味を活かし、緊張感のある様子を演出したい。

比喩

比喩表現

いまいち文章表現がうまくならないという人には、一度練習方法として比喩を用いた表現方法を試してみてほしい。

比喩とは別のものに例えて説明する表現のことで、その中でも直喩、隠喩、換喩、提喩などに分別される。今回は、特にわかりやすく学校の授業で習った人も多いと思われる直喩と隠喩を使ってみよう。

直喩とは「〜のようだ」「〜のごとく」などの言葉を使って、ふたつのものを比較する比喩表現だ。「雪のように白い肌」や「山のごとく隆々とした筋肉」といった表現は、どちらも直喩にあたる。直喩は扱いやすく、比喩表現として使いやすいというメリットがある。

対して隠喩は、そういった言葉を用いずに他のもので表す比喩のことである。「言葉の刃」や「鋼の意志」などは、どちらも隠喩だ。

これは、それぞれ直喩で表現すると「刃のように鋭い言葉」「鋼のように固い意志」と言い換えることができる。しかし隠喩の方が、より直接的で印象的な表現になる。

直喩を取り入れる

この直喩と隠喩を使い、文章表現をレベルアップさせるための練習を行ってみる。表現がうまくならないという人の多くは、どうにも説明的になりすぎたり、最低限の情報だけで話をどんどん進めようとしたりするため、文章に情感が不足しがちだ。

そこで、普段書いている文章に、積極的に比喩表現を取り入れる練習をしてみる。比喩は文章に情感を出すのに、とても良い働きをしてくれる。

まずは、次の例文に直喩を取り入れてみよう。

おやつの時間にホットケーキを焼いた。まん丸で美味しそうだ。はちみつをたっぷりかけて食べる。幸せな気分だ。

これだけでは、ただ事実を並べただけの面白みのない文章だ。ここに直喩を入れると、次のような文章になる。

おやつの時間にホットケーキを焼いた。満月のようにまん丸で美味しそうだ。琥珀（こはく）みたいなはちみつをたっぷりかけて食べる。まるで天国にいるようだ。

「まん丸」に「満月のように」を、「はちみつ」に「琥珀みたいな」を、それぞれ比喩として取り入れた。先ほどの文章よりも情感が出て、よりイメージを促す表現になっている。

そして「幸せな気分だ」を、「まるで天国にいるようだ」という直喩に差し替えた。「幸せな気分」という、感情を単純な表記で示した文章よりも、幸福感が伝わる表現になった。

「幸せな気分」という表現をそのまま用いるなら「まるで天国にいるように幸せな気分だ」とすることもできる。しかし少々長ったらしく、「天国にいるよう」という表現を使えば「幸せ」であることは伝わるので、ここは「天国にいるようだ」という文章にした。

☑ 隠喩を取り入れる

今度は、同じ例文を隠喩にしてみよう。

おやつの時間にホットケーキを焼いた。まん丸な満月は美味しそうだ。琥珀のはちみつをたっぷりかけて食べる。天国だ。

「～のように」「～みたいな」という言葉を使っていないが、直喩の時と同じように意味を読み取ることができる。最後の「天国だ」は、直喩の「まるで天国にいるようだ」をさらに短く、直接的に表現したものだ。たった一言だが、そこに「幸せな気分」が凝縮されているのが伝わるだろう。

さて、文章表現の練習として、ここからさらに一歩踏み込んだ隠喩を行ってみよう。直喩で使った「〜のように」や「〜みたいな」の後にその比喩が指している対象——この例文の場合であれば「まん丸」や「はちみつ」といった言葉を用いずに、その対象を表現してみるのだ。

すると、どのような文章になるだろうか。次の文は一例である。

おやつの時間にホットケーキを焼いた。美味しそうな満月ができた。甘く香る琥珀をたっぷりかけて食べる。天国だ。

直喩で「満月のようにまん丸で美味しそう」と表現したところを、「美味しそうな満月」とした。「まん丸」という言葉を使わずとも、この表現で「まん丸」であることがわかる。

また、直喩で「琥珀みたいなはちみつ」とした部分は、「甘く香る琥珀」という表現になった。「はちみつ」の単語を使うことなく、「甘く香る」という表現でそれを示したのだ。

このように、対象となる言葉を出さずに表現する方法は、文章テクニックが要求される。しかし、だからこそ文章表現の良い練習になるといえるだろう。

説明不足にならないように

これらの比喩表現は、もちろん単なる練習だけでなく、実際に小説を書く際にも活かしてもらいたい。

ただ、比喩だけでなくあらゆる表現にいえることだが、なんでもやりすぎはよくない。文章の中に毎回「〜のような」が出てくると鬱陶しく感じさせてしまうし、隠喩で対象物の単語を出さずに表現しようとするような場合には、特に注意が必要だ。

先の例文を用いて説明するなら、まず「ホットケーキ」という単語が出てくる。そのため読者は、後に続く「美味しそうな満月」がホットケーキを指していることがわかる。そしてその後に出てくる「甘く香る琥珀」も、ホットケーキからの連想ではちみつだということが理解できるのだ。

しかし、この最初の一文にも隠喩が用いられ、「ホットケーキ」という単語が出てこなければ、印象はがらりと変わる。試しに、最初の一文から「満月」という比喩を使ってみよう。

おやつの時間に満月を焼いた。

これだけだと、「満月」がホットケーキであることがわかりづらい。そしてホットケーキという単語を連想しないいまま読み進めてしまうと、必然的にその後に出てくる「甘く香る琥珀」も、はちみつであるという連想が浮かびにくくなってしまう。

もちろん、こういった意味深な一文を最初に持ってきて興味を引くというのも、テクニックのひとつだ。ただしその場合、きちんと後から「満月」がホットケーキであることがわかるような説明が必要である。

その説明がきちんと行われないまま、比喩表現過多な文章だけで話が進んでいくと、読者は何がなんだかわからなくなってしまう。必要とされる説明と、文章の情感、両者のバランスをうまくとりながら比喩表現を入れ込んでいくことが大切だ。

直喩 「～のような」「～のごとく」「～みたいな」といった言葉を使って他のものに例える表現

彼女は女神のようだ、地獄のような暑さ、
人間みたいな動きをする猫

メリット：扱いやすく、使いやすい比喩表現

隠喩 直喩のような言葉を使わずに他のものに例える表現

彼女は女神だ、地獄の暑さ、人間の動きをする猫

メリット：直接的で印象的な表現になる

校正記号

☑ 覚えておくべき校正記号

小説家として仕事をしていく中で、必ず関わることになるのが「校正記号」である。校正記号とは、小説家が執筆した作品に対して、編集者や校正者が修正の指示を行う際に赤字で書き込む記号のことだ。

この校正記号の意味を知っておくと、いざ作家になった時に役に立つ。ここで主な校正記号を紹介していこう。

1. トルツメ

文字や文章を削除する。「ツメ」は「詰める」の意味で、削除した分は前に詰めることになる。単に「トル」と表記されることも。

2. ママ

一度入れた修正指示を取り消す。「イキ」と表記されることも。

3. 文字の挿入

文字や句読点などを挿入する。句読点や「っ」「ゃ」などの小書き文字には「く」が用いられる。

4. 修正

別の文字や文章に修正する。

5. 字下げ

下の線の位置まで文字を下げる。

6. 字上げ

上の線の位置まで文字を上げる。

7. 改行

改行して次の段落を作る。

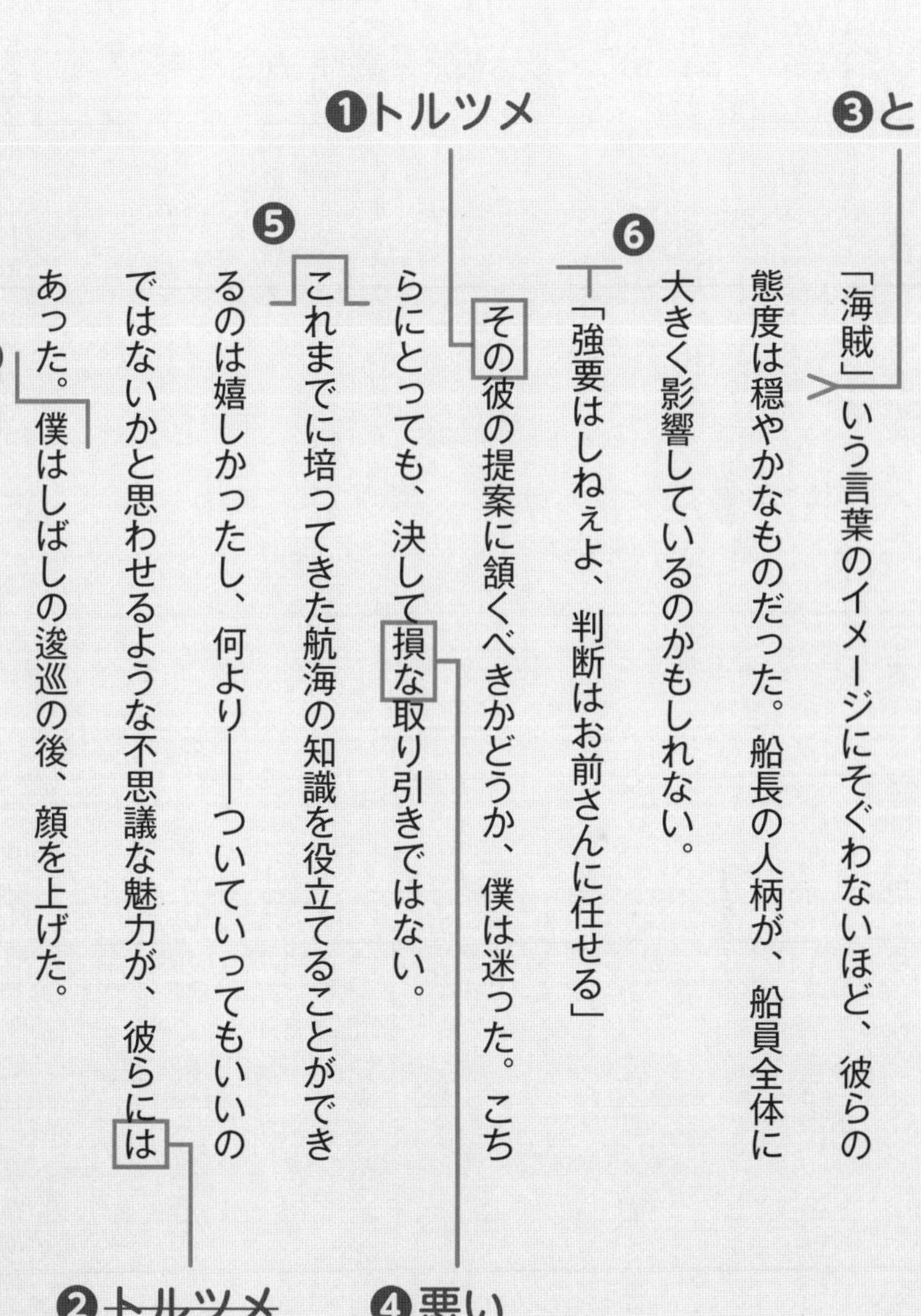

「海賊」いう言葉のイメージにそぐわないほど、彼らの態度は穏やかなものだった。船長の人柄が、船員全体に大きく影響しているのかもしれない。

「強要はしねぇよ、判断はお前さんに任せる」

その彼の提案に頷くべきかどうか、僕は迷った。こちらにとっても、決して損な取り引きではない。

これまでに培ってきた航海の知識を役立てることができるのは嬉しかったし、何より——ついていってもいいのではないかと思わせるような不思議な魅力が、彼らにはあった。僕はしばしの逡巡の後、顔を上げた。

8. **改行取り消し**

改行を取り消して、前の行の文章に続ける。

9. **入れ替え**

文字や文章の位置を入れ替える。

10. **字間・行間を詰める**

字間や行間を狭くする時に用いられる記号だが、余計な空白を省く際にも使われる。

11. **ルビ**

ルビをつける時に使う。頭に丸で囲んだ「ル」というマークをつけることもある。

ここで紹介した他にも、校正記号はたくさんある。ただ、その中にはデザイナー向けの校正記号というものも多く存在するので、小説家が覚えておくべきものは大体この辺りだろう。基本的なところを押さえておけば、問題はないはずだ。自分で作品の見直しをする際にも使ってみると、早く覚えられるだろう。

季節外れの海岸には、人の姿は全く見当たらない。⑧
波音だけが響く静かな砂浜が、どこまでも続いている。
「また夏になったら来ようよ。⑩ みんなも誘って」⑨
うん、と頷きながらも、オレは彼女にバレないように小さく眉を顰めた。⑪ひそ
みんな――その言葉に、予防線を張られた気がした。

2章

文章テクニック

読者に情報を伝える

「掌編」で執筆に慣れる

プロの小説家として作品を書いていくということは、執筆の最中もそれを読んでくれる読者の存在を意識しなくてはならない。つまり、読者の視点から読んで情報がきちんと伝わる文章になっているかを、常に考えながら書いていく必要があるということだ。

とはいえ、客観的な視点を意識しつつ書いていくのは、ある程度文章を書き慣れていなければなかなか難しい。小説家になれば長編を執筆するのが当たり前になるが、長編でいきなりそれをやろうとしても、プロット通りに話を書き進めることや面白くしようとすることに意識が傾きすぎて、なかなか文章にまで気が回らなくなる。

そのため、文章の練習としては「掌編」と呼ばれる原稿用紙二、三枚程度の短い話を書くことをおすすめする。数をこなし、執筆することに慣れる中で、客観的な視点から文章を俯瞰する力を養うのだ。

課題を設ける

ただ、何も考えずに掌編を書いたのでは練習にならない。そこで、今回は課題としてひとつのシチュエーションを用意した。

このシチュエーションに沿って掌編を執筆していく中で、読者に伝えるべき情報がきちんと書けているかどうかをチェックしてもらいたい。

【課題】

「思いがけない場所で知人と再会する」というシチュエーションの掌編を書く

【チェックポイント】

1．テーマ性を意識する

その掌編の中に、読者が「面白い」、あるいは「興味深い」と思えるようなテーマを持たせよう。その物語の中で何を一番伝えたいのか、何を描きたいのかといった部分を考えれば、自然とそれがテーマになる。

そしてテーマを考えたら、それを活かせるような印象的なシーンを意識しよう。再会したのが普通ではありえないような場所だったり、キャラクター同士の関係性に何らかの変化が起こったり……といったように、印象的なドラマが生まれるようなシーンというのをイメージして書いてほしい。

2. オチをつける

テーマと合わせて、物語にしっかりオチをつけるということを考えてもらいたい。例えば今回のシチュエーションにしても、道を歩いていて知人と会う↓お互いに驚く↓別れる……というだけの物語では、何のオチもついていない。

オチをつける時の工夫としては、読者の予想を裏切る展開にすることだ。最初から最後まで、何の意外性もない物語では全く面白くない。思いがけない展開を上手に持ってきて、きれいにオチをつけよう。

3. 場所の説明

知人と再会した場所がどんなところであるのか、読者がわかるようにしよう。例えばそこが何の変哲もないただの駅前であったとしても、「駅前」で想像するイメージは人によって異なるはずだ。

どれくらいの人が行き交っているのか、駅前にはどのような店が立ち並んでいるのか等、読者がその場所をはっきりとイメージできるような説明を入れるようにしよう。

4. キャラクター同士の関係性

再会する相手は「知人」であり、具体的な関係性は指定されていない。友人かもしれないし同僚かもしれない、あるいは恋人であったり身内であったりする可能性もある。

キャラクター同士がどのような関係性にあるのかは自由に決めて構わない。彼らがどんな関係なのかが明確にわかるようにしよう。

ただし、書く物語によっては必ずしも最初から関係性を明かす必要はない。ラストまで読んで初めて関係性がわかる、というようなどんでん返し的な手法を狙いたいのであれば、それも構わない。ただその場合でも、物語が終わるまでには必ず関係性がわかるようにはしておくこと。

5．心情描写

知人と再会した時にキャラクターがどのような気持ちであるのか、何を思ったのかというようなことが、読者に伝わるように描写する。これがうまく表現できれば、一気に臨場感が増すだろう。

ポイントを見る

今回「思いがけない場所で知人と再会する」というシチュエーションを指定したのは、以上のようなチェックポイントを設けられるからだ。

まず1や2はどのような掌編を書く際にも頭においておくべきポイントである。3は、「思いがけない場所」ということで、その舞台となる背景描写がしっかりと行われる必要がある。

そして4は、先にも説明したように「知人」という大まかなくくりにし、具体的な関係性は指定していない。そのため想像力の幅が広がり、またどのような関係性にするかによって、物語の面白さが大きく変化する可能性がある。

最後に5は、「思いがけない場所での再会」ということで、驚きや動揺といった心の動きが必ず生じるはずだ。その心の動きをしっかりと描写できるかどうかは、キャラクターの内面を描いていくうえで大事なポイントになってくる。

このように課題を設定し、それに沿った掌編を書いていくことは、ただ漠然と短い物語を執筆するよりもレベルアップにつながるはずだ。チェックポイントを設けることで、それをクリアしているかどうかを客観的に見ることもできる。

そして掌編を書く時には、できるだけ様々なシチュエーションを用意してみるといいだろう。違う舞台、違う人物、違う状況を用意し、違う物語が作れるようなシチュエーションにするといい。同じような物語を書き続けるよりも、あえてこれまで書いてこなかったような物語に挑戦すると、表現の幅が広がるだろう。

掌編 「短編」と呼ばれるものよりもさらに短い話のこと。「ショート・ショート」とも呼ばれる。

チェックポイント！

テーマ性

その物語の中で「何を伝えたいか」が明確になっているか。明確なテーマをひとつ定めてから書くようにして、印象的なシーン書くことを意識するといい。

オチ

物語をきれいに締めくくるためのオチはついているだろうか。それがないと、中途半端に終わる消化不良な話になってしまう。

場所の説明

キャラクターたちがどこにいるのかがきちんと説明できているだろうか。背景がきちんとイメージできるような描写に。

キャラクター

登場するキャラクターたちの関係性が明確にわかるようにする。

心情描写

キャラクターの心情描写も入れ込み、「単なる状況説明」のような話で終わらないようにする。

設定を会話で伝える

☑ ふたつのポイント

ファンタジーや現代ファンタジー、ＳＦなどでは、現実には存在しない独自の設定を作品に取り入れることになる。そしてそういった作品の場合、まず設定を読者に理解してもらわなければならない。

そのためには、わかりやすく情報を伝える必要がある。そして情報というのは、ただつらつらと文章で書かれるよりも、会話を通した方がすんなりと理解できて、記憶に残りやすくなるものだ。

つまり、国の成り立ちであったり学校の特殊なシステムであったりといったような、読者が作品を読むうえで必要な情報は、地の文で長々と説明するのではなく、キャラクター同士の会話を通して伝えた方がいいということである。ただし、その際に気を付けなければならない点もある。

1．自然な会話の流れにする

キャラクターがいきなり世界の設定を長々と語りだすのは明らかに不自然である。キャラクター同士の会話の流れから自然に設定の説明へ持っていく、というテクニックが必要だ。

2．セリフと地の文のバランスを考える

設定を会話で伝えるといっても、説明の全てをキャラクターのセリフに入れ込むわけではない。セリフの括弧の中に収めたからといって長ゼリフが延々と続くようでは、地の文で説明しているのと変わりないことになってしまう。

セリフの他に地の文もうまく使うことが、説明する際の大きなポイントになる。セリフを受けて地の文でさらに詳細な説明を行う、という風にしていけば、自然かつ細かい説明ができる。

不自然な箇所を見つける

例えば、次のような設定の作品を書いたとする。この設定を自然に紹介するには、どのような会話の流れを作ればいいだろうか。

【設定】

・妖精が存在する世界。人びとは当たり前に妖精を見ることができる。基本的に善良な妖精が多いのだが、何故か最近人びとに危害を加える妖精が増えてきている。

・主人公の少女リアが住む町は田舎だが、王都は栄えており学校もある。リアの幼馴染みの少年クロは、町を離れて王都の学校に通っている。

以上の設定を踏まえて、リアと彼女の姉が会話をしているシーンを例文にしてみたい。


「リア、手紙が届いてたわよ」

「ほんと？　あっ、幼馴染みのクロからだわ。彼がこの田舎町を離れて王都の学校に行ってから、もう半年近く経つかしら。王都はいいわよね、ここと違って何もかもが華やかなんだもの」

姉から手紙を受け取り、鋏を使って丁寧に封筒を切り開く。定期的に届くクロからの手紙には、クロの近況が、丁寧な筆跡で記されている。

「クロ、あいかわらず頑張ってるみたいね」

手紙を読んだリアがそう言うと、姉も安堵したように微笑んだ。

「元気にしてるなら安心だわ。そういえば、最近また近所で妖精に危害を加えられた人がいるみたいよ」

「えっ、また？　妖精って基本的に善良な性格の子ばかりなのに……ここ最近はそういう事件が多いわね」


この例文の不自然な箇所はいくつかある。

まず一点目は、二行目から始まるリアのセリフである。「幼馴染みのクロからだわ」と言っているが、当然ながら姉もクロの存在を知っている。この場にクロのことを知らない人間がいるのならともかく、リアと姉の二人しかいないこのシーンで、わざわざ「クロが誰なのか」を説明するセリフが入っているのは不自然だ。

その後の、クロが王都に行ったことや王都がどのような場所なのかを説明しているセリフも同様だ。姉がすでに知っているはずの事実をわざわざ説明口調で話している。リアのセリフが姉との会話ではなく、明らかに「読者に向けた説明」になっているために、違和感が生じているのだ。

この違和感は、最後のリアのセリフ部分にも見受けられる。「妖精って基本的に善良な性格の子ばかりなのに」――この一文も、どうにも説明くさい。

そして二点目、「そういえば」から始まる妖精に関する話題である。ここまでクロの話題だったのに、何の脈絡もなくいきなり妖精の話題に切り替わっているのだ。

例えば、クロからの手紙に妖精の事件のことが書かれていた、というのであれば話題が切り替わるのも頷ける。しかしそういった流れもなく、唐突に話題が変わるので不自然に感じられるのである。これは「設定の説明をしなきゃ」という考えが先走り、会話の流れを無視して説明を入れ込もうとしてしまうため生じてしまう違和感だ。

これらの不自然さを解消するために、ポイントを振り返ってみよう。ひとつ目に挙げた会話の流れの意識、そしてふたつ目に挙げたセリフと地の文のバランスが重要になってくる。

会話の流れについては上記に示した通り、手紙の内容で妖精の事件について触れることで、自然と話題を切り替えることができるだろう。そしてセリフと地の文のバランスだが、「わざわざセリフにする必要のないところは地の文に回す」ことを意識して書くようにしてみてほしい。

セリフにする必要のないところ、というのは、口にすると説明的になりすぎる部分、そしてその場にいるキャラクターが共通認識を持っている部分などが該当する。例文でいえば、「クロがリアの幼馴染みであること」「クロが半年前から王都の学校に行っていること」「妖精は基本的に善良な性格の者が多いこと」が挙げられる。そのほか、「王都が彼女らの住む町と違って華やかなこと」も共通認識だが、「いいわよね」

というリアの個人的な感想が入ることによって、説明臭くならず口に出しても自然なセリフになっているので、除外していいだろう。

　ここに挙げた部分を地の文に回し、そして会話の流れを意識する形で、例文の修正を行ってみる。すると、次のような形になった。

「リア、手紙が届いてたわよ」

「ほんと？　あっ、クロからだわ」

　クロはリアと同い年の、幼馴染みの男の子だ。半年前にこの生まれ育った田舎町を離れ、それ以来王都の学校で勉学に励んでいる。

「王都はいいわよね、ここと違って何もかもが華やかなんだもの」

　姉から手紙を受け取り、鋏を使って丁寧に封筒を切り開く。定期的に届くクロからの手紙には、クロの近況が、丁寧な筆跡で記されている。

「クロ、あいかわらず頑張ってるみたいね」

　手紙に綴られている、忙しくも充実した学校生活。それを微笑ましさ半分、羨ましさ半分の気持ちで読み進めていたリアは、ある一文に目を留めて表情を一変させた。

『こっちでは最近、人間が妖精に危害を加えられる事件が頻発してる。そっちは大丈夫か？』

　実は、この町でも最近同じような事件が多発している。妖精は基本的に善良な性格の者ばかりだ。しかしどういったわけか、突然人間を襲ってくる妖精が増えてきている。

　設定を説明する時は、地の文で資料のように長々と説明しても、セリフの中に説明を詰め込みすぎて不自然な会話になっても駄目なのだ。

　架空の設定を説明するのはなかなか難しく、最初のうちはバランスが取りにくいかもしれない。しかし今回挙げたふたつのポイントを意識して書くようにすれば、徐々に慣れていくだろう。

　また、プロの小説家が書いた作品ではどのように世界観が説明されているのかを研究して学ぶのもいい。複雑な設定を読者に伝えるためにどのような工夫がされているのか、参考にしてみよう。

メディアを使う

メディアを用いるメリット

設定を伝える時の基本的な手段は会話を用いることだが、その他にも少し特殊な方法で説明できる。その特殊な方法とは、メディアを使用することだ。

メディアとは、テレビや新聞、メールやインターネットといったものである。いわゆる情報媒体のことだ。

物語の早い段階で読者に設定を提示したい時、登場人物がメディアを通して設定に関する何らかの情報を得るというシーンを用意しておく。するとそれを読んでいる読者も、同じように情報を得ることができるというわけだ。

例えば現代日本で当たり前のように魔法が使われている設定にするなら、テレビのニュースで魔法による事故が起きたことや、魔法によって新しい技術が開発されたことが報道されているようなシーンを持ってくる。すると、それだけで読者は「この世界には魔法が存在しているのだな」と理解することができるのだ。

こういったシーンの利点としては、第一に説明がしやすいということが挙げられる。先ほども解説したように、会話の中で説明しようとすると説明口調にならないように気を付けなければならない。

しかしテレビのニュースや新聞の記事などであれば、ある程度堅苦しい言葉を使っても不自然にはならない。また長ゼリフが使用されても違和感なく、物語に馴染ませられる。

また見せ方によって、このようなメディアを用いたシーンはとても印象的にすることができる。単純に説明するだけの媒体として使うのではなく、効果的な演出の道具としても利用することが可能なのだ。

メディアをうまく活かす

メディアを効果的に登場させられるのは、設定を説明するシーンだけとは限らない。他にも情報の伝達やコミュニケーションなど、メディアを登場させることで物語が進行しやすくなったり特殊な演出ができたりするシーンは存在する。

ただメディアを登場させるからには、ただなんとなく出すよりも、それをうまく活かした方がいい。例えば日常生活のワンシーンとして演出するために、テレビを見ている場面を書くとしよう。その番組の内容をどうするかによって、そのシーンの印象は大きく変わってくる。

次の例文は、学校に行く準備をしながらテレビを流し見するシーンだ。放送している内容がグルメ番組であるものと、ニュース番組であるもののふたつを用意した。

【グルメ番組の場合】

慌てて制服に着替えながら、時間を確認するためにテレビへと目を向ける。八時十二分。朝食を諦め、着替えてすぐに家を出れば、どうにか間に合う時間だ。

テレビの中では、芸能人が最近人気のある飲食店を訪ねるというグルメリポートを行っている。

『こちらのお店の名物は、肉汁溢れ出る特大ハンバーグということです！　楽しみですね～』

「こっちは飯食う暇もないっての」

陽気な声を遮るようにテレビを消すと、鞄を引っ掴んで部屋を飛び出した。

【ニュース番組の場合】

慌てて制服に着替えながら、時間を確認するためにテレビへと目を向ける。八時十二分。朝食を諦め、着替えてすぐに家を出れば、どうにか間に合う時間だ。

テレビの中では、真剣な表情の女性アナウンサーが、未明に起きたらしい殺人事件について原稿を読み上げていた。

『警察は通り魔と見て捜査を進めています。犯人は未だ逃走中、凶器も見つかっていないとのことです』

「割と近所じゃん……物騒だな」

嫌なニュースに眉をひそめながらテレビを消すと、鞄を引っ掴んで部屋を飛び出した。

番組の内容が違うだけで、随分とこのシーンが持つ意味が変わってくるのではないだろうか。前者は本当にただの日常のひとコマという印象だが、後者はこの後に何か事件が起きることを予感させるような、意味深なシーンになっている。

このように、メディアを登場させる際には物語とは関係のないただの娯楽として出すよりも、後々の伏線となるような使い方をした方が効果的だ。物語を読んでいるうちにすぐに忘れてしまうようなシーンとして書くより、心のどこかに引っかかるようなシーンの演出として描いた方が、うまい使い方といえるだろう。

☑ 情報部分と他の部分を書き分ける

メディアは情報を伝える時にとても便利な道具だが、執筆する時に気を付けなければならないこともある。それは、メディアが伝えている情報と他の部分が混ざってしまっていないか、ということだ。

先ほどの例文を参考にしてみてほしいのだが、その中でカギ括弧を使い分けていることがわかるだろう。テレビから流れている音声の表記は二重括弧、キャラクターが口にしているセリフの表記には通常のカギ括弧が使われている。

このようにメディアを用いる際には、通常のセリフとの書き分けをしてほしいのだ。今回の例文ではシーン内に登場しているキャラクターが一人だったが、ここに他のキャラクターも登場させてみる。その場合、テレビの音声とキャラクターのセリフをどちらも同じカギ括弧で表記してしまうと、次のようになる。


慌てて制服に着替えながら、時間を確認するためにテレビへと目を向ける。八時十二分。朝食を諦め、着替えてすぐに家を出れば、どうにか間に合う時間だ。

「悠、朝ご飯どうするの？」

「いらない！」

母親の問いかけに即答する。

テレビの中では、真剣な表情の女性アナウンサーが、未明に起きたらしい殺人事件について原稿を読み上げていた。

「あら、割と近所じゃない」

「警察は通り魔と見て捜査を進めています。犯人は未だ逃走中、凶器も見つかっていないとのことです」
「物騒だな」
「気を付けていきなさいね」
わかってる、と返してテレビを消すと、鞄を引っ掴んで部屋を飛び出した。

母親との会話の合間に、テレビの音声が入ってくる文章になっている。これではキャラクター同士の会話とテレビの音声が判別しづらくなり、スムーズに読めない文章になってしまうだろう。

こういった混乱を避けるために、二重括弧とカギ括弧を使い分けることで、一目で判別できるようにするのだ。テレビの音声の他にも、新聞で記事として掲載されている文章やメールの文面など、メディアで提示されている情報の部分が、地の文や普通の会話文に混ざらないよう気を付けてほしい。

またチャットをしているシーンなどは、発言者の名前や発言時刻など、実際にやり取りをする際に表示される情報も逐一書いた方が、判別しやすくなるだけでなくリアリティも増すだろう。

メディア　テレビ、新聞、メール、インターネットといった情報媒体のこと

長文での解説や、堅苦しい言葉を使っても不自然にはならない
- → 世界設定などの解説がしやすくなる
- → 通常の地の文とは違う特殊な雰囲気を出せる

特殊な見せ方であるが故に、
他の地の文やセリフと混ざらないように配慮が必要

言葉の使い分けに気を配る

「語彙力が高い」ということ

「語彙」という言葉を聞いたことがあるだろうか。語彙とは、ある一定の範囲で用いられる単語の総体である。

もっとわかりやすく言うなら、「語彙が豊富な人」は、「知っている単語の数が多い人」ということになる。日常生活における会話程度であれば、そこまで語彙力の高さが求められることはないだろう。簡単な単語だけでも意思の疎通は可能である。

しかし小説での表現において、語彙力の高さは大きな武器となる。多くの単語を知っているということは、それだけ表現が多彩になるということだからだ。

しかし語彙力を鍛えるにあたって、注意してほしいこともある。それは、「語彙力が高い＝難しい漢字が使える」と勘違いしてはいけない、という点だ。

難しい漢字を使うだけであれば、むしろ簡単ともいえる。辞書で調べて引っ張ってくることぐらい、いくらでも可能だからだ。

だがそれでは、文章をスムーズに読むことができなくなるかもしれない。適度に難しい漢字が登場する程度なら、読者側も新しい単語を知ることができて良い刺激になるだろう。しかし難しい漢字の出てくる頻度があまりにも高ければ、その度に調べなければならないので、話を読み進めるのをたびたび中断しなければならなくなる。これでは物語が頭に入ってこないだろう。

難しいのは、難読漢字を使うことよりもむしろ、中高生でも理解できるような言葉で、適切な言い回しを多数ひねり出すことだ。それが「語彙力を鍛える」ということである。

言い回しを変えてみる

語彙力は、同じ表現ばかりを使わず、様々な言い回しをすることによって鍛えられる。次の文章を例にしてみよう。

学校に行く途中、猫を見た。
猫がいたのはスーパーの駐車場だ。開店前で閑散としているそこにぽつんと座り、じっとこちらを見ていた。
何かを訴えるように見てくるので、お腹が空いているのかなと思い近付いた。
しかしそれを見るなり、猫は身を翻して逃げ出してしまったのである。

この例文の中には「見る」という言葉が四回も使われている。同じ言葉が何回も繰り返されているため、単調な印象が拭えない。

「見る」という言葉は、他にも様々な言い回しができる。「見守る」「見つめる」「見入る」「目撃する」「見かける」――全て、同じ「見る」という意味を持ちながらも、微妙に意味合いが異なる言葉だ。

言い回しに気を配るようにすれば、文章にメリハリがつくだけでなく、こういった細やかなニュアンスも正確に伝えられるようになる。

そのことを念頭において、先ほどの例文を修正してみよう。

学校に行く途中、猫を見かけた。
猫がいたのはスーパーの駐車場だ。開店前で閑散としているそこにぽつんと座り、じっとこちらを見つめていた。
何かを訴えるように視線を送ってくるので、お腹が空いているのかなと思い近付いた。
しかしそれを見るなり、猫は身を翻して逃げ出してしまったのである。

「見る」だけで表現されていた部分を、「見かける」「見つめる」「視線を送る」と言い換えた。ささやかな違いだが、同じ言葉が繰り返されていた先ほどの例文に比べて、単調さが抜けたのではないだろうか。

このように、近いところで同じ言葉が使われていないかを常に意識しながら書くことで、表現の幅を広げることができる。どうしても他の言い回しが思いつかない時には、類語辞典を使用するのもいいだろう。類語辞典は本の形で売られているもののほか、ネットでも検索することができるので便利である。

しかし「類語辞典で調べて出てきたから」といってその言葉が持つ細かいニュアンスまで調べずに使ってしまうと、文章がちぐはぐになってしまうこともある。先ほどの例文で言うなら、一文目の「猫を見た」の「見る」を他の言い回しにしようとして類語辞典で調べ、「見守る」が出てきたのでそのまま当てはめた――というようなケースだ。そうすると一文目は「学校に行く途中、猫を見守った」となり、実際にはただ「見かけた」だけで「見守って」はいないため、おかしな文章になってしまう。

類語辞典を使う時には、それが自分の使いたい言葉のニュアンスに当てはまっているかどうか、きちんと調べてから用いるようにした方がいいだろう。

表現を工夫する

様々な言い回しをする練習に、次のような課題をやってみてほしい。

【課題】

特定の単語を使わずに掌編を書く。なお、一度使用した言い回しは繰り返し使えないものとする。

【指定】

1. 睡眠をとるためベッドに横になる
〈禁止ワード：寝る〉

2. 翼の生えた人間が空へ羽ばたく
〈禁止ワード：飛ぶ〉

3. 体育の授業で短距離走を行う
〈禁止ワード：走る〉

この課題は、「寝る」「飛ぶ」「走る」といった単純な単語を用いることなく、別の言葉でどこまで正確に表現できるかというものだ。「一度使用した言い回しは繰り返し使えない」という制約を設けたため、どれだけ多くの言葉を知っているか、そしてそれを適切に使いこなせるかがポイントになってくる。

この課題を行う時には、できるだけ禁止ワードの別の言い回しを多く使うように意識しながら執筆してもらいたい。例えば、最初の指定であれば「寝る」であれば「眠る」「睡眠」「寝入る」「就寝」「床に就く」など、「寝る」に変わる言葉をできるだけ多く用いて掌編を書いてもらいたいのだ。

なぜなら、これらの単語をひとつも使わずに掌編を書くことも可能だからである。ベッドに横になった人間が明日の予定に思いを馳せたり、今日の出来事を振り返ったりしているようなシチュエーションなら、「寝る」に関する言葉を用いなくても書ける、というのは想像に難くないだろう。

しかしそれでは、語彙力を鍛えるための課題として意味がない。禁止されているワードを使わないように気を付けつつ、別の言い回しで表現することを心がけながら執筆してもらいたい。

また、ここに出した指定以外にも、自分で「この単語を使わずに掌編を書いてみる」というチャレンジをしてみるのもいいだろう。普段よく使う単語を禁止ワードにすることで、難易度が上がるはずだ。

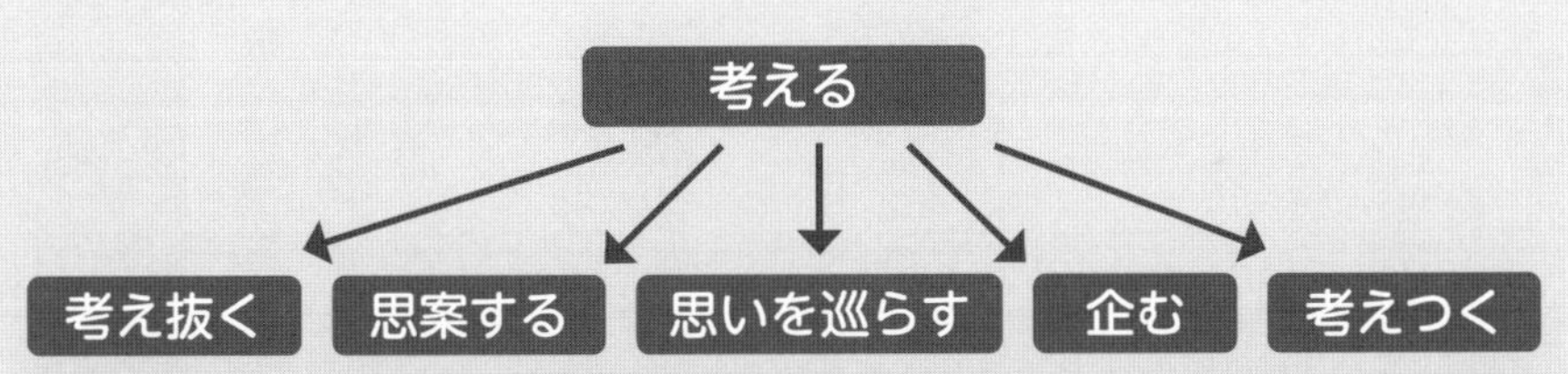

同じ意味合いの言葉でも、状況によって使い分けることによって細かなニュアンスを伝えることができる

類語辞典を活用して語彙を増やす

ただし、出て来た言葉を何も考えずにそのまま採用しようとすると、本来表現したかった意味からずれることがあるので、きちんと調べてから使った方がいい。

直接的な言葉は避ける

小説における心情描写は、キャラクターのことを理解してもらったり、読者の感情移入を促したりするために大事な要素のひとつである。心情描写がうまくできていなければ、どのキャラクターも薄っぺらく感じられてしまう。「生身の人間らしさ」が欠け、物語を動かすためのパーツのひとつにしか見えなくなってしまうのだ。

しかし、そうは言っても心情描写をうまく行おうとするのはなかなか難しい。読者……つまり他人の心に響くほどの表現というのは、なかなかやろうと思ってできるものではないからだ。

とはいえ、キャラクターの感情に厚みを出す表現のポイントは存在する。まずは次の例文を見てみよう。

> メッセージを送ってから、すでに二日が経過した。
> 未だに彼からの返事はない。
> 私は寂しくなった。
> もう一度連絡してみようかな。
> スマートフォンを片手に悩んでいると、タイミングを見計らったように彼からの返信が来た。
> 途端に、私は嬉しくなった。

メッセージを送った相手からの反応がなく、落ち込んでいたところから一転、返信が来て舞い上がる、という感情の浮き沈みが表されたシーンだ。

しかしこの文章、「私」の悲しみや喜びが今ひとつ伝わってこない。その原因は、「寂しい」や「嬉しい」の表現の仕方にある。

この例文の中で「私」の感情の揺れがわかりやすいのは「私は寂しくなった」と「途端に、私は嬉しくなった」の二箇所だ。確かに、「寂しい」と「嬉しい」という直接的に感情を表す言葉を使っていることで、彼女の心の動きはわかるようになっているものの、いまいち感情移入はできない。「寂しい」や「嬉しい」という言葉は直接的すぎて、「私」が自分の感情を表現しているはずが、どこか他人事として語っているかのように感じられてしまうのだ。

心情描写を行う時は、感情を表す言葉をそのまま使うと、逆に薄っぺらくなってしまう。読者は「なるほど、この子は嬉しいのか」と理解することはできても、それだけの表現では心を揺さぶられないだろう。

なので、心情描写の際にはそういった言葉を用いずに感情を表す、という試みをしてみてほしい。先の例文を「寂しい」「嬉しい」といった言葉を使わずに表現すると、次のようになる。

メッセージを送ってから、すでに二日が経過した。未だに彼からの返事はない。

私は無性に心細さを感じた。連絡がない、それだけのことなのに、まるで自分の拠り所を見失ってしまった迷子のような、そんな気分になった。

もう一度連絡してみようかな。

スマートフォンを片手に悩んでいると、タイミングを見計らったように彼からの返信が来た。

途端に、ぽっと小さな火が灯ったように、胸の中が温かくなる。その熱が、先程まで体の内側に抱えていた寒々しい孤独を一気に吹き飛ばしていく。

「寂しい」という気持ちを「心細さ」「迷子のような」という表現に、「嬉しい」という気持ちを「胸の中が暖かくなる」「寒々しい孤独を一気に吹き飛ばしていく」といった表現に修正した。先程のように直接的な言葉で表現していないものの、よりキャラクターの気持ちを詳細に表しており、「他人事として語っているかのよう」という印象は薄れた。

もちろん、他にも「寂しい」や「嬉しい」といった感情の表現の仕方は無限に存在するだろう。自分ならばどのような文章で表現するだろうか……それを考えてみてほしい。

☑ 他者の心情を描写する

ここで問題になってくるのが、「視点となっている人物」以外の心情描写はどのように行えばいいのか、ということだ。例文のような一人称で、視点となっているキャラクターの心情描写を行うというのは理解しやすく、また書きやすくもある。

しかし、例えば会話している相手の心情描写などはどのように行えばいいのだろうか。一人称なので、視点を切り替えていきなり相手の感情を表現するわけにはいかない。

だからといって、視点となるキャラクターの心情だけに気を付ければいいのかというと、そういうわけでもない。視点以外のキャラクターの心情を表現する時のコツは、繊細な描写にその人物の気持ちを乗せることだ。

次の文章を例に説明してみよう。

「次はいつ会えるの？」

そう問いかける私の声は、隠しきれない不安が滲んで震えてしまった。

「わからない」

彼はただ一言、そう答えた。

未来の見えないその返答に、目元がじわりと熱くなる。

泣いては駄目だ。彼を困らせるだけだ。

「でも、絶対……！　絶対、すぐに会いに来るから！」

そう言ってくれた彼の言葉に、また別の意味で、涙が溢れてしまいそうだった。

こちらの例文は、視点となっている「私」側の気持ちは書かれている。恋人と離別のシーンで、はっきりとした再会の約束を交わすことのできない不安や寂しさ、そして「すぐに会いに来る」という彼の言葉で今度は安堵と喜びから泣いてしまいそうになる……といった様子の心情描写になっている。

しかし「彼」側の心情については、描写がない。「彼」に関する記述はセリフ部分のみで、彼がどういった気持ちでいるのかは全く読み取れない。

これだと、読者は「彼」をイメージすることができないだろう。人によっては、作者の意図とは全く違う「彼の気持ち」をイメージするかもしれない。

この問題を解決するためには、「彼」の表情や行動などを描写し、そこに感情を乗せるという工夫をする必要がある。このことを意識しつつ例文に文章を追加したのが、以下のものだ。

「次はいつ会えるの？」

そう問いかける私の声は、隠しきれない不安が滲んで震えてしまった。

私の問いかけに彼は目を逸らした。何かを言いかけて、しかしためらうように何度か口を開閉させた後、うつむいてしまう。

「わからない」

彼はただ一言、そう答えた。

未来の見えないその返答に、目元がじわりと熱くなる。

泣いては駄目だ。彼を困らせるだけだ。

必死に堪えようとする私を見て、涙の膜の向こうで彼が顔を歪めたのがわかった。

けれど彼は私のように泣くのではなく、先程口に出さなかった思いを吐き出すかのように、必死に言い募る。

「でも、絶対……！　絶対、すぐに会いに来るから！」

そう言ってくれた彼の言葉に、また別の意味で、涙が溢れてしまいそうだった。

目を逸らす、口を開閉する、うつむくといったように、「彼」の表情や仕草を描写することで、その心情を表現している。「彼」が何を思ったのか、どんな気持ちなのかを直接的には表現していないものの、追加された表情や仕草によって、先ほどよりも感情を読み取りやすくなったことがわかる。

注意点は、「彼はこのような気持ちになった」と断言してはいけないというところだ。視点はあくまで「私」固定なので、「彼はこのような気持ちなのだろう」「こう考えているように見えた」と推測するような形での表現はできても、その心情を断言するのはおかしい。例文でも「ためらって」ではなく「ためらうように」という言い回しをしている。

他者の心情描写をしようとすると、うっかり視点がブレてしまいがちだ。一人称や一人称寄りの三人称で書いている人は、特に注意しよう。

状況描写

☑ 5W1H

状況描写とは、文字通り状況を説明する描写のことを指す。そのシーンではどの場所に、誰がいて、何をしているのか——そういったことが読者にわかるようになっている描写のことである。

5W1Hという言葉を聞いたことがあるだろう。文章の構成やビジネスにおける情報伝達など、様々な場面で用いられるこの言葉だが、小説においても大事な要素である。

5W1Hの内容は、「いつ（When）」「どこで（Where）」「だれが（Who）」「なにを（What）」「なぜ（Why）」「どのように（How）」となる。小説においての5W1Hは、これらの要素が伝わる文章になっているか、というところに注目したい。

特に注意したいのは、シーンが切り替わる部分だ。シーンの切り替わりというのは、それまでの流れが一旦切られ、また新たに連続した時間の流れが紡がれるような印象だ。時間の経過はもちろんのこと、登場する人物や場所なども、前のシーンからがらりと変わっているかもしれない。そのため読者が状況を理解するために、丁寧に描写する必要があるというわけだ。

とはいっても、一文の中に5W1Hの情報を全て詰め込めばいいというわけではない。例えば「午後七時、佐原は金欠だったので、牛丼屋で晩ご飯を食べた」という文章があったとする。この文章は分解すると、「午後七時（When）」「佐原は（Who）」「金欠だったので（Why）」「牛丼屋で（Where）」「晩ご飯を（What）」「食べた（How）」となり、5W1Hの要素を全て含んでいることがわかる。

しかし、毎度シーンが切り替わる度に、そのシーンの冒頭にこのような一文を持ってこられると、読んでいる側は「いかにも説明されている」という風に感じてしまうだろう。その一文があることで、確かに状況の情報はわかりやすくなるものの、毎度同じような説明文の繰り返しでは、情緒も感じられない。

　必要な状況描写は、キャラクターが動いたり会話したりするのを追っていく中で、順番に行っていけばいい。この牛丼屋で晩ご飯を食べるシーンであれば、次のような例文にすることができるだろう。


店員の軽快な声とともに差し出された丼からは、白い湯気が立ち上っていた。甘辛いつゆの香りは食欲をそそり、空腹がさらに刺激される。

うまくて早くて、そして安い。庶民の味方、牛丼である。

佐原は早速割り箸を手に取り、パキリと割ると、温かい牛丼をかきこんでいった。

慣れ親しんだ、それでも飽きのこない味に舌と腹を満たされ、仕事の疲れが吹き飛んでいくようだった。

金欠とはいえ、数百円で幸せになれるのだから、まだまだ世の中捨てたものではない。

店の中には佐原と同じようにスーツ姿の男性が多かった。午後七時、ちょうど夕食時なので満席とまではいかないが席はそれなりに埋まっている。

彼らも自分と同じように、牛丼をかきこんで一日の仕事の疲れを吹き飛ばしているのだろうか。

そんな風に考えると、赤の他人である彼らに対して、勝手に親近感が湧いてくる。


　こちらの例文では、読み進めていく中で5W1Hが自然とわかるようになっている。佐原が（Ｗｈｏ）牛丼屋で（Ｗｈｅｒｅ）牛丼を食べている（Ｈｏｗ）という描写から、それに幸せを感じている心情描写、その中に金欠だったので（Ｗｈｙ）という説明、そして店内の様子から午後七時（Ｗｈｅｎ）であることと、佐原が食べているものが晩ご飯（Ｗｈａｔ）であることがわかる状況描写になっている。

　このように、シーンの最初の方で5W1Hをわかりやすく説明することで、読者はその情報を踏まえて安心して読み進めることができる。注意点は、この5W1Hの説明をあまり後回しにしないことである。

　例えば、「いつ（Ｗｈｅｎ）」の描写がないまま読み進めていたところ、かなり後になってから物語内における時間帯が夜だという描写が出てくるとする。それまで昼の出来事だと思っていた話がそうではなかったとわかると、頭の中のイメージが一気にひっくり返ることになり、読者が混乱してしまう。

あえてミスリードを狙っているようなシーンなら話は別だが、そうでない場合は5W1Hをなるべく早い段階で描写するように心がけよう。

カメラを意識する

しかし、どのような順番で状況描写を入れていけばいいのかわからないという人もいるだろう。そういった人は、アニメやドラマなどのカメラを意識してみるといい。

先ほどの牛丼屋の例でいえば、まず牛丼が映り、それを食べる佐原の様子が映り、映像なのでモノローグなどで心情が語られ、店内の様子とともに時計が映って時間がわかる……といった感じだろうか。

人によっては、牛丼ではなく店の外観から映すことで、その空の暗さからまず時間がわかるようにする場合もあるだろうし、モノローグではなく会計のシーンで佐原財布の中身を映し、金欠であることを表現するという場合もあるだろう。

このように、いきなり文章で考えるのではなく、まず映像を頭に思い浮かべてみる。すると、何を描写するべきかが自然とわかってくるだろう。

カメラでどのように映すかは人によって異なるため、どういった順番で書いていくのが正解――という答えは存在しない。自分ならシーンが切り替わった直後、どのような順番でカメラに映していくだろうか。そのように意識することで、自分なりの状況描写の順番というものが見えてくるはずだ。

印象づけたいものを優先させる

また、状況描写の順番は「何を印象づけたいか」によっても変わってくるだろう。もう一度、先ほどの牛丼屋の例を引っ張ってくる。

例文では佐原という男性が一人で晩ご飯を食べているシーンだったが、もしこれが誰かと一緒に食事をしているシーンなら、このシーンの書き方は大きく変わってくるだろう。おそらく、最初に牛丼の描写を持ってくるのではなく、その相手との会話なり、相手の挙動なりの描写が入ってくるはずだ。

　こちらも例文にしてみよう。


【パターン1】


　店員の軽快な声とともに差し出された丼からは、白い湯気が立ち上っていた。甘辛いつゆの香りは食欲をそそり、空腹がさらに刺激される。

　うまくて早くて、そして安い。庶民の味方、牛丼である。

　佐原は早速割り箸を手に取り、パキリと割ると、温かい牛丼をかきこんでいった。

　慣れ親しんだ、それでも飽きのこない味に舌鼓を打ちながら、佐原は隣に座る上野に話しかけた。

「悪いな、俺の金がないばっかりに。せめて居酒屋にでも行けたらよかったんだが」

　その謝罪に、上野は苦笑で返す。

「いや。オレは普段酒ばっかり飲んでるから、たまにはこういう食事もいいさ」


【パターン2】


「悪いな、俺の金がないばっかりに。せめて居酒屋にでも行けたらよかったんだが」

　その謝罪に、上野は苦笑で返す。

「いや。オレは普段酒ばっかり飲んでるから、たまにはこういう食事もいいさ」

　金欠である自分に付き合わせ、安さ重視の牛丼屋を選んだことを申し訳なく思っていると、二人の会話を断ち切るように店員の軽快な声が割って入った。

　差し出された丼からは、白い湯気が立ち上っていた。甘辛いつゆの香りは食欲をそそり、空腹がさらに刺激される。


　文章の順番が入れ替わっただけだが、パターン1よりもパターン2の方が「佐原と上野が二人で牛丼屋にいる」ことが強く印象づけられ、「牛丼を食べること」よりも「佐原と上野が二人でいること」の方が重要な要素なのだと読み取ることができる。このように、印象づけたいものを優先的に書く、というのも状況描写のテクニックのひとつだ。

情景描写

☑ 情景描写とは

小説の中で、そのシーンにおける風景などの描写が行われたものを、情景描写という。キャラクターが今どのような場所にいるのかといった情報を正確に伝えたり、時には心理描写と関連付けて描かれることで情緒を演出したりと、小説を書くうえで欠かせない要素である。

しかし、この情景描写が苦手だという人は多い。一体何を書けばいいのかわからない、という意見の人もいるだろう。

だが、実はそれほど難しく考えすぎる必要はない。自分が実際に普段どういった感覚で周りの情景を捉えているか、それを考えてみればいいのだ。

駅にいる時、街中で買い物をしている時、田舎の道を通った時、住宅街を歩いている時……そういった日常で目にする風景を、どのように感じているだろう。街中では人が多いと感じることもあるだろうし、夜の田舎道は暗くて怖いと思うこともあるかもしれない。そういったことを思い返して、文章で表現すればいいのだ。

人間には五感が備わっている。視覚、聴覚、触覚、味覚、嗅覚だ。このうち、情景描写で特に用いられるのが視覚である。普段過ごしている中でも、視覚から特に多くの情報を得ていることは想像に難くない。空や道、建物などの情報や、行き交う人びとの情報など、視覚からの情報があれば最低限の情景描写はできるものと考えていいだろう。

しかしそこに聴覚や嗅覚からの情報が加われば、さらにリアリティが増す。コンビニでラジオから流行の音楽が流れてくる、レストラン街を歩くとあちこちから美味しそうな匂いが漂ってくる……多くの人が、そういった経験をしたことがあるだろう。そのような、日頃の自分の体験を振り返ってみるだけで、意外と情景描写はできてしまうものだ。

だが、架空の情景はどのように描写したらいいのかわからないという人もいるかもしれない。存在しない場所なので、当然その場所に行ったことはない。自分の体験を振り返ろうにも不可能だ。

しかし、基本的に頭の中でイメージすることは同じだ。まず描写したい架空の場所を頭の中に思い浮かべ、自分がそこをどのように歩き、何を感じているのかをシミュレーションしてみるのである。

自分ではシミュレーションしにくいという人は、そこに登場させようと思っているキャラクターを配置してもいいだろう。そのキャラクターの目を借りているような気持ちで、五感で情報を読み取り、描写するのだ。

感覚から得る情報の描写

実際に、どういったものが情景描写にあたるのかを見てみよう。まずは「夜の森を歩く少年」というシチュエーションの例文から読み取ってみる。

迷い込んだ森には人工の明かりはひとつもなく、木々の隙間を縫うようにして頭上から射し込む月光だけが、時折少年の足元を照らした。見上げると、木の葉の間から紺色の空が見える。

どこからかフクロウの鳴き声が聞こえてくる。ホウ、ホウと不規則な間隔で聞こえてくるその声は、心を落ち着かせるどころか、余計に心細さを助長する。その鳴き声をかき消すように、足元の木の葉を踏み鳴らしながら、ひたすら歩を進めた。

昼間に比べて気温はぐっと下がっており、むき出しの腕は先程から鳥肌が立ちっぱなしだ。

こちらの例文は、段落ごとによって異なる感覚から得た情報を描写している。ひとつ目の段落では、「月光」や「紺色の空」などの視覚から得る情報。ふたつ目の段落では、「フクロウの鳴き声」や「木の葉を踏み鳴らす」などの聴覚からの情報。そしてみっつ目の段落で、「気温」の情報を描写している。

このように、段落ごとに情報を分けて考えると書きやすいだろう。「月光」→「フクロウの鳴き声」→「気温」→「紺色の空」→「木の葉を踏み鳴らす」——のようにバラバラに情報を提示するより、感覚ごとに分けた方が自分の中でもイメージしやすくなる。

架空の情景の描写

それでは今度は、現実には存在しない架空の情景を描写してみる。「宇宙船の中で目覚めた青年」というシチュエーションの例文を見てみよう。

目が覚めた時、俺は椅子に座っていた。しかし、そこが普通の部屋ではないことがすぐにわかった。なぜなら目覚めて顔を上げた時、正面に巨大な窓の向こうに見えたのは——広大な宇宙だったからだ。

現状を理解できないまま、視線を彷徨(さまよ)わせる。巨大な……それこそ壁一面がそのまま窓になっているかのような大きさの窓の前には、よくわからない機械がずらりと並んでいる。無数にある計器類や電光板が何かの数値を表しているが、それが何を示しているのかは予想もつかない。

それらの機械がウィィン……と絶え間なく音を発しているが、その他は無音だ。他人の息遣いすら聞こえない。

それはそうだ。この場所には、俺以外誰もいないのだから。

SF的な雰囲気を漂わせるシチュエーションだが、ここでのポイントは「誰にでも想像しやすいような描写」にしていることである。

目が覚めた青年が目にした機械を表現する時、「計器類」や「電光板」といった、誰にでも理解できるような言葉を用いている。しかし、もしこれらを表現する時に専門用語が多く使われていれば、その分野に詳しい人ならともかく、そうでない人は何のことを言っているのだかわからず、情景が想像できなくなってしまうだろう。

知識がある人ほど専門用語を使いがちになってしまうので、いくら書いている本人がそのジャンルのことを詳しく知っていたとしても、他の人が楽しめないような文章にはならないように気を付けてほしい。この例文では視点である青年が宇宙船の内部についてほとんど知らない状態であったから、文章も同じように「何も知らない人」から見た宇宙船の内部の表現にすることができた。しかし、もし登場しているキャラクターが宇宙船の内部に詳しい人物なら、難しい専門用語がぽんぽん出てきて読者を置いてけぼりにしてしまう恐れがある。

難しいのは、その匙加減だ。詳しい知識を有しているキャラクターから見た情景と、何も知らない読者がイメージする情景のすり合わせを、わかりにくい単語を使いすぎない文章表現によって、うまく行わなければならない。

SFやファンタジーなどの異世界や、現実には存在しない街などを舞台にする場合は、その架空の情景を読者に伝えるために、より細かい描写が必要となってくる。しかし細かく描こうとして、つい自分の知識をひけらかすような文章になってしまわないように注意してほしい。

逆に、そこに気を付けながら知識をもとに詳細でわかりやすい文章を書くようにすれば、丁寧な情景描写ができるだろう。

視覚　聴覚　触覚　味覚　嗅覚

情景描写を行う時、これら五感で感じ取るものを
意識して描写すると臨場感が出る

「自分が何を感じるか」で考えてみること

キャラクターを自分に置き換え、その風景の中にいる時に何を感じ取るかを想像してみて、描写に反映する

そこに心理描写も加えると臨場感が増す

会話は連想ゲーム

『設定を会話で伝える』の項目で、自然な会話の流れについて説明したが、これは当然ながら設定の説明を必要としない普通の会話シーンでも同じことがいえる。会話というのは、いわば連想ゲームだ。話題が切り替わる時には、そのきっかけがどこかにあり、そこから「連想」されたものによって別の話題へ移っていく……という流れになる。

次の会話を参考にしてみよう。

A「飲み物買いたいから、そこのコンビニ寄ってもいい?」
B「いいよ。私もついでにお菓子買おうかな」
A「あ、なんか最近ネットで『美味しい』って話題になってるやつあるよね」
B「私、あれ食べたことないんだよね。買ってみようかな」
A「でもあんた、ダイエットしてるんじゃなかった?」
B「そうなんだけどさ……たまにはいいかなって!」

日常でよくあるような会話シーンである。

冒頭ではコンビニに寄るという話をしているのだが、気がつくとダイエットの話題へと移っている。これは連想ゲームによって話題が切り替わっていったことにより、生まれた流れだ。

この会話におけるひとつ目の連想のきっかけは、「お菓子」という単語だ。Bの発した「お菓子」という単語を聞いて、Aは頭の中で「ネットで話題になっているお菓子」のことを連想し、そのお菓子の話へ繋げている。

そしてふたつ目の連想のきっかけは、「お菓子を買ってみようかな」というBの発言である。それを聞いたAの頭の中で、今度は「Bはダイエットしていた」という事実を思い出し、それを口にすることで今度は「ダイエット」へと話題を移している。

　このように、相手の話を聞いて頭の中で何かを連想したり、思い出したりすることで、会話というものは自然な流れを生み出していくのである。会話文の流れが不自然だなと感じたら、キャラクターになったつもりで見直してみて、連想のきっかけがあるかどうかを確認してみよう。唐突に話題が切り替わっている、相手が直前に発したセリフとつながっていないと感じたら、きっかけとなるポイントを作った方がいい。

セリフと描写のバランス

　会話文のことをセリフの掛け合いだと考えている人もいるのではないだろうか。確かに会話というのは複数の人間がセリフを投げ合うことで成り立つものだが、会話文の描写はそれだけでは不十分だ。

　会話文＝セリフの掛け合いだと思っている人は、キャラクター同士が会話しているシーンにおいて、セリフ以外の描写を疎かにしがちである。結果として、会話以外に大きな動きがないようなシーンでは、セリフだけが延々と続く……といった文章を書いてしまいがちなのだ。

　だが、実際の会話を思い浮かべてほしい。先程のAとBの例文でも表したように、相手の言葉を受けて何かを思い浮かべることもあるし、表情を様々に変化させることもある。会話をしている間も目には色々なものを映しているだろうし、大きな動きがなくとも体のどこかを動かすようなことはあるだろう。何も考えず、目を閉じて、無表情で、微動だにせずに会話をするなど普通ならまずありえない。

　会話文を書く際には、セリフをただ書き連ねるのではなく、そういった思考や表情、仕草などの描写も入れていってほしいのだ。それがあるのとないのとでは、読んだ時の印象が大きく変わってくる。

　まずは、セリフだけの例を見てみよう。

「それでさー、俺がネックレス選んであげたら、すっげぇ嬉しそうに『じゃあ、これにするね！』って言ってくれて！」

「へぇ」

「めっちゃ可愛く笑ってくれるから、そしたらもう俺が買ってやらなきゃって気になるじゃん？」

「買ってやったのか？　そのネックレス」

「もちろん！　まあ、ちょっとキツい金額ではあったんだけどなー？　でも、それより喜ぶ顔が見たかったっつーか！」

「なるほどねぇ」


　男友達から、付き合いたての彼女との惚気(のろけ)話を聞かされているというシチュエーションだ。これだけでも会話としては成り立っているが、どのような気持ちで話を聞いているのか、また相手はどんな様子なのかといったことが描かれていない。

　このセリフの羅列の間に描写を入れることで、二人の様子が想像しやすくなる。


「それでさー、俺がネックレス選んであげたら、すっげぇ嬉しそうに『じゃあ、これにするね！』って言ってくれて！」

「へぇ」


適当に相槌を打ちながら、いつもの惚気話を聞き流す。先日の買い物でのエピソードを淀みなく話すその顔は、へらへらと締まりがない。

彼女ができたばかりの男なんて、みんなこんなものなのだろうか。

「めっちゃ可愛く笑ってくれるから、そしたらもう俺が買ってやらなきゃって気になるじゃん？」

「買ってやったのか？　そのネックレス」

相槌だけでなく、たまに質問を挟むことも忘れない。

なぜなら、相槌だけを繰り返していると「ちゃんと聞いてるのか」などと文句を言ってくるからだ。まったく、心底面倒くさい。

「もちろん！　まあ、ちょっとキツい金額ではあったんだけどなー？　でも、それより喜ぶ顔が見たかったっつーか！」

自慢げに胸を反らし、得意気に言ってみせる。まさに「ドヤ顔」という言葉が当てはまるような顔だ。

「なるほどねぇ」

さも納得したかのように頷きながらも、俺はどうやって話をさっさと切り上げるか、そのことばかり考えていた。

　セリフ自体は先程と同じものだが、間に入った描写により、視点となっているキャラクターの心情や相手の表情、仕草などがわかりやすくなった。

　会話しているだけのシーンでも、このように描写できることはいくらでもある。登場人物たちをより生き生きと表現するためにも、ただのセリフの羅列で終わらせず、思考や心情でそのキャラクター「らしさ」を見せていきたい。

実際の会話を参考に

　自然な会話の流れを知るためには、実際の会話を参考にするのが一番だ。どういった会話の流れで、どんな言葉を受けてどのように返しているのか、そこから推測できる思考とは何なのか、そんな風に考えを巡らせながら、人の会話やテレビのバラエティなどに耳を傾けてみるといいだろう。

　また、意外と参考になるのがＴｗｉｔｔｅｒやＬＩＮＥでのやり取りだ。会話の流れの情報が文字として残っているので、どういう経緯で話題が変化していったのかが視覚的にわかりやすい。

　ＴｗｉｔｔｅｒやＬＩＮＥで長時間連続してやり取りをしていると、話題はいくらでもころころと変わっていくだろう。そのやり取りを遡ってみて、どこで話題が切り替わっているのかを見返してみると、なかなかに面白い。

　ただ、口語のところでも説明したように、実際の会話やアプリ上でのやり取りを、そのまま小説に落とし込めばいいというわけではないことを改めて注意したい。現実で行われる会話と文章で読みやすい会話には違いがある。参考にするのはあくまで会話の流れや人の反応といった部分であって、一字一句そのまま文章にするのは避けるべきだ。

　そういった意味では、ドラマやアニメなどのセリフを書き出してみるのが良い勉強になるだろう。脚本として作られている会話なら、きちんと流れを意識して書かれている上に、無駄な感嘆符やめちゃくちゃな文法などは用いられていない。文章としての会話表現の参考になる部分が多いはずだ。

多人数の会話シーン

多人数の会話の複雑さ

引き続き会話に関する文章表現を見ていこう。キャラクター同士が会話しているシーンで、登場する人数が二人だけなら表現するのはそう難しいことではない。

しかし、話している人数が三人、四人と増えていくと、これがどんどん難しくなっていく。多人数の会話シーンでは、「誰がセリフを発したのかわからない」という事態が起こりやすいからだ。

会話している人数が二人なら、最悪セリフだけでも話している順番がわかる。カギ括弧でセリフが切り替わるごとに交互に口を開いていると認識できるからだ。

しかし三人以上になってくると、そういうわけにはいかない。二人の時はAが喋る→Bが喋る→Aが喋る→Bが喋る……という単純な順番で良かったものの、三人になった時も同じように、Aが喋る→Bが喋る→Cが喋る→Aが喋る→Bが喋る→Cが喋る……と決まった順番で話していては明らかに不自然だ。実際に三人以上で雑談している時のことを思い出してもらえればいいのだが、各々が好きなタイミングで喋るため、誰も発言の順番など考えてはいないだろう。

このようにセリフを決まった順番でローテーションできないため、三人以上の会話のシーンを書く場合には、読者を混乱させないように「誰のセリフか」を明確にする必要があるのだ。

描写で発言者を明確に

誰のセリフかを明らかにするといっても、いちいち「～は言った」という風に説明を入れるのは不自然だ。また、文章が稚拙に見えてしまう恐れもある。

では、どうやってセリフの発言者を読者に伝えればいいのだろうか。ここでもやはり「描写」が重要になってくる。次の例文は、「文化祭の準備に追われる生徒会」というシチュエーションを想定した会話だ。


「ここに講堂のステージ利用のスケジュール表置いてなかった？」

「それならさっき副会長が持っていきましたよ」

「副会長が？　どこに行ったんだろう、この忙しい時に」

「ここに来る途中……南階段の近くで見かけました」

「もしかしたら、自分のクラスに寄ってるのかもしれませんね」

「わかった、ありがとう」


こちらは三人での会話シーンを書いたものだ。しかし、セリフだけでは誰が喋っているのかわかりづらい。

特に判別が難しいのが、四番目と五番目のセリフである。最初から順番に流れを見ていくと、「それならさっき副会長が持っていきましたよ」と喋ったキャラクターが四番目のセリフを言ったのかと思えるが、その後にまた別の敬語口調のキャラクターが出てくることから、このシーンには敬語で話しているキャラクターが二人いることがわかる。四番目と五番目は敬語口調のセリフが連続しているため、どちらのセリフなのかが判別できない、ということだ。

この会話に地の文で描写を入れることで、三人がそれぞれどのセリフを喋っているのかを明確にしよう。


生徒会室を少し留守にしている間に、後で目を通そうと思っていた書類が長机の上から消えていた。

おや、と思った生徒会長の森は、室内にいた後輩役員二人に尋ねてみた。

「ここに講堂のステージ利用のスケジュール表置いてなかった？」

すぐに返答したのは、会計の片山だった。

「それならさっき副会長が持っていきましたよ」

そう言えば、森が生徒会室を出る時には室内にいた、副会長の浅田の姿が見当たらない。

「副会長が？　どこに行ったんだろう、この忙しい時に」

独り言のようなつぶやきに、今度はもう一人の後輩役員、書記の室井が反応した。

「ここに来る途中……南階段の近くで見かけました」

室井は浅田とは逆に、森が退室した時に室内にはいなかった。森が留守にしている間に、生徒会室にやってきたのだろう。

その途中に浅田を見かけたということだから、二人は見事に入れ違う形になったらしい。

室井による目撃情報を聞いて、片山は納得したように頷いた。

「もしかしたら、自分のクラスに寄ってるのかもしれませんね」

確かに、生徒会の仕事以外にクラスの出し物の準備もある。そちらに顔を出しているのかもしれない。

「わかった、ありがとう」

少々長い例文になったが、誰が発したセリフなのか、そして状況描写が加わったことで、彼らのやり取りがイメージしやすくなったのではないだろうか。

注目してほしいのは、セリフの直前の文章である。誰のセリフかわかりやすくなっているのは、この「セリフの直前」の描写があるからだ。

順番に見ていくと、セリフの発言者を明確にしている描写は次の四ヶ所である。

❶おや、と思った生徒会長の森は、室内にいた後輩役員二人に尋ねてみた。

❷すぐに返答したのは、会計の片山だった。

❸独り言のようなつぶやきに、今度はもう一人の後輩役員、書記の室井が反応した。

❹室井による目撃情報を聞いて、片山は納得したように頷いた。

これらはいずれも、セリフの直前に入れられている描写だ。「副会長が？　どこに行ったんだろう、この忙しい時に」と「わかった、ありがとう」については直前に描写が入っていないが、この場において敬語口調で喋っていないのは森だけなので、自然と彼のセリフであることがわかる。

このように、発言者の描写を入れた後でセリフを喋らせる……という流れにすると、誰の発言であるのかがわかりやすくなる。多人数での会話シーンでは、このポイントを押さえておくと、うまく書けるようになるだろう。

ここで「セリフの直後に描写を入れるのは駄目なのか」と疑問に思う人もいるだろう。先ほどセリフの前に描写を入れなかった「副会長が？　どこに行ったんだろう、この忙しい時に」と「わかった、ありがとう」のように、誰の発言であるのかが自然とわかるようになっているセリフなら、後に描写を入れても構わない。むしろ「セリフの直前に描写を入れる」というルールで縛ってしまうと文章の表現の仕方が固定されてしまうので、なくてもわかるところは描写を省き、時にはセリフの後に入れるというように工夫を凝らした方が、面白みのある文章になるだろう。

ただ、原則として小説は右から左へ、前から後へと読み流していくものだ。先にキャラクターの描写があり、その後にセリフがくる、という流れの方が、誰のセリフかを理解するための情報のインプットがスムーズである。

先ほどの文章の一部を例にしてみよう。

【セリフの直前に描写があるパターン】

独り言のようなつぶやきに、今度はもう一人の後輩役員、書記の室井が反応した。

「ここに来る途中……南階段の近くで見かけました」

【セリフの直後に描写があるパターン】

「ここに来る途中……南階段の近くで見かけました」

独り言のようなつぶやきに、今度はもう一人の後輩役員、書記の室井が反応した。

特に違いがわかりやすいのはこの部分である。ここで室井が初めて口を開くのだが、先にもう一人の敬語口調のキャラクターである片山が登場しているため、読者はセリフを読んだ時点では片山が発言したのだと思うはずだ。しかしその後に「今度はもう一人の後輩役員、書記の室井が反応した」と描写が入るので、脳内でセリフの発言者の修正を行わなければならない。

このような「後から修正」は、読んでいて小さなストレスになる。わかりづらいセリフは直前に発言者の描写を入れた方が親切なのだ。

架空のものを説明する

細かい描写と情報

小説――特にライトノベルにおいては、異世界を舞台にした物語や、現代日本を舞台にしながらも架空の設定や生き物などが登場する物語が非常に多い。そういった特殊な要素のある物語を書く時、「現実世界には存在しないもの」の描写が必要不可欠となってくる。

その時大事なのは、読者にどこまで明確に想像させることができるか、という点だ。前述した架空の情景の項でも触れたことではあるが、架空のものであれば実際に目にした人間が存在しない分、さらに想像力を促すような細かい描写が求められることになる。

さらに、描写は何も目に見えるものだけを書けばいいわけではない。その世界において、その架空のものがどういった受け入れ方をされているのか――例えば魔法であれば誰にでも使えるものなのか、生物であれば人間とはどのような関係を築いているのか……そういった情報の描写も必要になるわけだ。

架空の生き物を描写する

架空の生き物といっても、ある程度一般的に知られているものも存在する。ドラゴンやエルフ、妖精や人魚などがそれにあたる。

それらの生き物は、世界的に有名な作品などを通じて広く知られるようになり、イメージがそれなりに固定化されている。「ドラゴン」という単語を聞けば、ほとんどの人が大きな翼を持った、トカゲのような姿の生き物を思い浮かべるだろう。

かといって、「みんなが知っているのだから描写は必要ないだろう」と勘違いしてはいけない。誰もがそれまでに触れてきた作品などをもとにしてイメージを思い浮かべるため、例えば「ドラゴン」と一口に言っても各々の頭の中にあるドラゴンは細部が少しずつ異なるだろう。

そのバラバラのイメージを統一するために、また先ほども述べたような情報についても読者に知ってもらうために、描写は必要となってくる。どのくらいの大きさなのか、どんな色や姿形をしているのか、そして見た者にどんな印象を与えるのか。そういった部分にまで注意して描写しよう。

また自分で一から作り出したオリジナルの架空生物を登場させる場合には、さらに細かい描写が必要となってくる。ドラゴンなどには「それなり」の固定されたイメージがあるものの、自分が考えだした生き物であれば、ただその生き物の固有名詞を出しただけでは「それなり」のイメージすら読者は思い浮かべることができない。

そういった生き物を説明する際には、他の生き物や物体と似ている部分があれば、「この部分は○○に似ている」といった表現を用いるのもいいだろう。そうすると、読者はイメージしやすくなる。

そしてオリジナルなのだから情報をわかりやすく伝えることはもちろんのこと、動きや鳴き声などの描写も丁寧に行うべきだ。そのオリジナルの架空生物が読者の頭の中で動き出せるように、イメージを与えてあげよう。

架空の単位を描写する

異世界を舞台にした物語で難しいのは、単位などの扱いだ。異世界であれば、現実世界で私たちが使っているような単位が使えないこともある。

代表的なものでいえば、通貨単位だ。現実世界においても、国によって「円」「ドル」「ユーロ」など通貨の単位は様々なものが存在する。当然ながら、異世界でも現実世界と同じ通貨単位を使っているということはないだろう。

では、現実世界と同じものが使えないとなると、どうすればいいのだろうか。ゲームでよく見られるのは、その世界で使われているオリジナルの通貨単位を用いる、という方法だ。

小説の場合も、それと同じようにしてオリジナルの通貨単位を作ってしまう、というのもひとつの手である。その世界特有の単位が出てくることで、より異世界観も表せるだろう。

その場合、その架空の通貨単位を普段自分たちが使っている通貨単位に直すといくらぐらいになるのか、という部分も決めておくと良い。1ドルは円にするといくらになるのか、というのと同じことだ。

これを決めておくと、具体的に物を売買するシーンが出てくるような時に、その個々の値段に不自然さが生まれない。例えば「カネー」という通貨単位を設定したとして、パンひとつを買うのに100カネー支払ったとする。ここで読者は、「1カネー＝1円くらいで、大体の物価も現代日本と同じくらいなのかな」と認識するだろう。

しかし別のシーンで一本の剣を買うのに120カネー支払っていたら、剣がどれほど安い世界なのか、あるいはパンがどれだけ高い世界なのか、と読者は不自然に思ってしまうはずである。そうならないためにもしっかりと通貨単位の設定をし、また物価が現代日本と比較してどのようになっているのか、決めておくべきだろう。そういった部分をきっちりと設定しておくことで世界観は厚みを増し、何気ないシーンに活かされてくる。

あえて単位を使わない

また単位に関する他の表現方法としては、「単位を使わない」という手がある。

例えば、銀貨を一枚手にしているキャラクターが「これでコーヒーでも一杯飲んでいこうかな」と考えているシーンがあれば、具体的な数値と通貨単位が提示されていなくても、読者はおおよその金額を思い浮かべることができる。「この世界における銀貨一枚は大体コーヒー一杯分ぐらいなんだな」と頭の中で想像するだろう。

その世界に登場する単位をいちいち全てオリジナルの名前で考案し、ひとつひとつに「現代日本の単位に直すといくらぐらいか」という設定を作り、かつそれを読者に理解してもらうのは、なかなかに大変だ。そのためこういった単位を使わない描写というのも身につけておくと、執筆が楽になるだろう。

ただ、中にはそういった細かい部分まで設定するのが好きで、できるだけ自分で考案したいという人もいるはずだ。中にはオリジナルの言語を作り出し、作中に登場させたい人もいるだろう。

そういった設定を作り込むのはもちろん構わない。だが、それらのオリジナルの単位や言語の全てを、わかりやすく読者に伝えられるかどうか、そこが鍵になってくる。

先ほどの通貨単位の例のように、登場させるからには読者が理解できるようにきっちりと設定し、説明する必要がある。仮に読者が理解できるくらいまで説明を書くことができたとしよう。しかし、説明だらけになってしまい、読んでいてつまらなくなる恐れもある。その辺りを考慮しつつ、設定をどこまで作り込むか検討してほしい。

またそういった細かい設定まで作ろうと思えば、もちろんそれなりの時間と労力がかかる。設定を考えるのが好きだという人の中には、設定ができ上がった段階で力尽き、物語を執筆するに至らないというケースがしばしば見受けられる。物語を書くための設定なのに、そこに到達するまでに力尽きてしまっては、本末転倒だ。設定を細かく作りすぎることに、時間と労力を注ぎ込みすぎないようにしよう。

単位が必要なものをどのように表すか

通貨、長さ、重さ、時間(何週間、何ヶ月など)、速さ……など

架空の単位を作る場合

・現実の単位に直すとどのくらいなのかを定めておく
・通貨の場合は、現実の物価とも比較して考える

メリット:独自の世界観がより強く出せる

単位を使わずに表現する場合

・読者がおおよその金額を想像できるよう表現を工夫する

メリット:どの世界の物語にも応用できる

生活感

生身の人間のリアリティを出す

物語を執筆していく中でリアリティを出すために意外と大きな役割を果たしているのが、生活感だ。

物語を書くというと、どうしてもストーリーを進めること、プロット通りに展開させていくこと、面白い話にすることばかりを中心に考えてしまい、それ以外の描写が疎かになりがちである。しかしそんな中でも、キャラクターが確かにその物語の中に生きているというリアリティを出せなければ、読者は共感しづらく、自分とは全く違うどこかの世界の人間の物語、と一歩引いて見てしまう。キャラクターに入れ込んで物語を夢中で追いかけることができなくなってしまうのだ。

そうならないために、よりキャラクターを知ってもらい、好きになってもらったり魅力を感じてもらったりするには、生活感を描写するのである。そうすることでキャラクターに生々しさが出て、確かにその世界に生きているのだというリアリティが出せる。

衣食住を書く

生活感を書くにはどうすればいいのか。最も基本的かつわかりやすいところといえば、「衣食住」だろう。キャラクターがどのような衣服を着て、どんな食事をし、どのような住居で暮らしているのか。それを考え、物語の中で描写するようにするだけで、一気に生活感が出る。

例えば、同い年で性別も同じだが、境遇が全く違う二人の人間がいたとしよう。片方は大企業の御曹司で、片方は大家族の貧しい家の息子とする。

彼らを描写する際、ただ会話の中で「僕はお金持ちだ」「俺の家は貧乏だ」などと語らせるよりも、衣食住で生活の差を描いた方がその暮らしがイメージしやすくなる。

【御曹司の場合】

・衣
いつもぴったりに仕立てられており、皺ひとつない。

・食
一流シェフが用意する、高級食材ばかりを使った料理。

・住
使用人が何十人も住んでいる大豪邸だが、両親は不在のことが多い。

【大家族の息子の場合】

・衣
兄のお下がりをもらうことが多いので、たまにサイズが少し合っていない。

・食
素朴で質素だが、いつも温かい。

・住
古いアパートの一室で、家族七人で暮らしている。

ごくごく簡単な衣食住の設定だが、これだけでもお互いの暮らしがぼんやりと伝わるだろう。御曹司の方は、まさに絵に描いたような豪邸での暮らしをしており、何一つ不自由のない生活だ。しかし実の親よりも使用人の方が顔を合わせる機会が多いという、豪華だが寂しい印象を窺わせる設定になっている。

一方、大家族の息子の方は、古いアパートに両親や兄弟と身を寄せ合うように暮らしており、貧しいながらも家族の温かさを感じさせる設定となっている。

こういったキャラクターの生活を、物語の中で自然と見せられるようになればいい。家に遊びに行くようなシーンがあったり、弁当を食べるシーンで食事に関する話をしたり、そんなエピソードの中で生活感を覗かせれば、その世界に息づくキャラクターの暮らしの一端を垣間見せることができる。

☑ 異世界や遠未来における生活感の違い

現代を舞台とした作品でもそうだが、異世界や遠未来を舞台とした作品を書く際には、さらに生活感を描くことが重要になってくる。生活感そのものが、世界観の一部分を担っているといえるからだ。

異世界を舞台にしているのであれば、当然ながら現代日本とは衣食住が全く異なってくるはずである。服や住居の描写はその世界観の雰囲気を表すのに大きな役割を担っているし、食事も今の現代日本で日頃から口にされているものとは大きく異なるに違いないので、食事のシーンを描けば、その世界で彼らが普段どういったものを食べているのかがわかる。そういった生活感の描写から、主要となるキャラクターだけでなく、そこに暮らす人びと全体の生活というものが見えてくるのだ。

また登場するキャラクターが人間ではない可能性もあるし、街中に暮らしていないこともあり得る。例えば妖精ならば、花の蜜を主な食事とし、葉っぱで作った服を身にまといながら、森の中で特定の住居を持たずに生活しているかもしれない……などということが考えられる。

それから、現代と地続きになっている遠い未来を舞台にする際にも生活感を書きたい。遠未来を舞台とする場合は、ファンタジー感のある異世界を書く時とはまた生活感も大きく異なってくる。

どのような未来にするかによって変化に大きな違いが出るが、技術の発展によってあらゆる食べ物がフリーズドライ化していたり、天然の土で作られた野菜や自然で育った魚などが存在しなかったりするかもしれない。居住に関しても、木造の建物がなくなり超高層マンションばかりが立ち並び、空中を走るパイプを道路にしている可能性もある。服に関しても、今と全く同じ流行ということはあり得ないだろう。綿や麻が採れなくなり、全て化学繊維で作られたものになっているかもしれない。

また、戦争や隕石の衝突など、何らかの原因で滅亡寸前となった未来という設定なら、技術は発展どころか衰退してしまっている可能性もある。そうなると同じ遠未来であっても、先ほど提示したような衣食住とは大きく異なる様子が描かれるはずだ。荒れ果てた地で、生き残るためにどうにかして食いつないでいる、といった状況だろう。

このように、現在の自分たちの暮らしとは大きくかけ離れている生活感を書くことで、その舞台がどういった場所であるのかが浮き彫りになってくるのだ。

3章

キャラクターを表現する

キャラクターを表現する

顔つきの描写

キャラクターを描写する時、どこまで意識して書き込んでいるだろうか。そもそも、キャラクターの細かいビジュアルというのを設定しているだろうか。

小説家志望者にキャラクター設定を作ってもらった時、よく見受けられるのが外見の描写がほとんど書かれていない設定である。外見の描写といっても、何も絵を描けというわけではない。顔の作り、体つき、髪型、そして服装……そういった情報がまるで考えられていないということだ。

また、それと同じくらいよく見られるのが、髪と瞳の色のみが書かれたキャラクター設定である。確かにライトノベルについているイラストを見たり、アニメを視聴したりしていると、現実ではあり得ないような様々な髪の色や瞳の色のキャラクターがいる。

しかし、キャラクターを判別している要素はそれだけだろうか。髪の色と瞳の色が違うだけで、後は全部同じ容姿をしたキャラクターばかり……そんなわけはないはずだ。

キャラクターを描写する時に意識してほしいのはそこである。実在の人間でも、容姿は個人個人で全く異なっている。その個性を描写してほしいということだ。人間を表現する要素はいくらでもある。特に顔の作りは、人によって全然違ってくる。

キャラクターの顔を表現する時に、「美人」や「美形」等の一言で済ませてしまう小説家志望者も多い。しかし「美人」や「美形」にも、様々なタイプがいる。

例えば「美人」とだけ表記されていた場合、ある人は二重で目がぱっちりとしており、鼻の高い美人を思い浮かべるかもしれない。しかしまた別のある人は、色白で切れ長な目を持つ、シャープな顔立ちの美人を思い浮かべる可能性がある。

このように一口に「美人」と言っても、その顔は人によって様々だ。作者の中にあるキャラクターのイメージを正確に伝えたいなら、顔立ちまでしっかりと書き込む必要があるということである。

練習方法としては、実在する人間の写真などを参考にして、その顔立ちを文字で描写してみるのをおすすめする。イラストやアニメなどで描かれるキャラクターは、ある程度デフォルメ化されているため、個人個人の顔の特徴をより細かく書き分けたいのであれば、実在の人物を参考にしてみた方がいいだろう。

体つきの描写

続いては、体つきである。これが意外と盲点で、顔つきの描写はできていても体型に関しては全く描写がない、という人もいる。

まずは、わかりやすく身長と体重を設定するのがいいだろう。ネットで調べれば、年齢ごとの平均的な身長と体重が出てくるはずだ。それを参考にして、華奢(きゃしゃ)なキャラクターはそれよりも低めの数値に、反対にガタイの良いキャラクターは高めの数値に設定するといい。

ライトノベルやアニメに登場するキャラクターは、平均よりも体重が非常に軽い数値で設定されていることが珍しくない。フィクションなのである程度は良いのだが、あまりにも数値を下げすぎると不自然だ。程よいバランスを考えて設定するようにしよう。

さて、身長と体重の他にも気にかけたいのは筋肉の量である。特にバトルものなど、アクションするようなシーンが多い作品においては、それだけの激しい運動量をこなせるキャラクターでなければならないだろう。故に、あまり華奢すぎるよりは、それなりに筋肉のついている設定にした方がしっくりくる。

とはいえ、やはりこちらもフィクションなので、ムキムキにする必要はない。細腕で大斧を振り回す少女、などもよく見かける設定だ。ただ、やはり男性キャラクターは折角なので筋肉に差があった方が、各々の個性が際立つだろう。

そのほか、スタイルの良いキャラクターを登場させるなら、ただ「スタイルが良い」とだけ表現するよりも、脚の長さ、腰の細さといったひとつひとつの描写を細かく行った方が、いかに魅力的な体つきをしているのかが伝わる。

このように、体つきひとつとっても表現することはたくさんあるのだ。

☑ 髪型の表現

髪型についても触れておこう。髪型の表現は、特に女性キャラクターよりも男性キャラクターの方が難しく捉えられがちなのではないかと思う。

女性であれば、まずショートかミディアムか、ロングかといった大まかな違いだけでも書き分けることができる。さらにストレートなのかウェーブがかっているのかといった違いもある上に、髪を結んでいればその結び方だけで様々な表現をすることが可能となる。女性の髪型に詳しくない、という男性の書き手でも、ライトノベルやアニメのキャラクターにもよく見られるツインテールやポニーテール、三つ編みなどの表現は知っているだろう。

このように、女性の髪型には多くの表現があるので、意識して書き込もうと思えば描写はそれほど難しくない。では、男性キャラクターの場合はどうだろう。

男性は基本的にはショートヘアである。坊主やロングといったキャラクターがいればそれは大きな個性になるが、大半のキャラクターは一般的なショートヘアで表現されることが多い。

この時点で、すでに女性に比べて表現が制限されており難しく感じられるだろう。女性ほど大きな違いがないため表現が難しいとなれば、どうすればいいのか。答えは、描写を細かくするのだ。

ショートヘアという括りの中でも、後ろを刈り上げている人や、逆に襟足を伸ばしている人、またアシンメトリーにしてどちらか片方だけを伸ばしているような形にすると、個性的なキャラクターになるだろう。

また前髪の表現でも、印象は変わってくる。眉や、時には目にかかるほど長めに伸ばしている場合もあるし、短く切り揃えているなら顔がはっきり見えてすっきりした印象になる。分け目をどこにするかという違いだけでも、印象は変わってくるだろう。

くせ毛なのか直毛なのか、外ハネにしていたり逆立てていることもあるだろう。

男性の髪型でも、細かく書き込めばこれだけ多彩な表現が可能になる。キャラクターのビジュアルを明確にイメージしてもらうために、そして各々の個性を見せるために、小さなところまで描写していこう。

「色」まで考える

さて、最初に髪の色と瞳の色について話したが、この「色」についても意識しておく必要がある。ライトノベルの多くはイラストがつく。イラストは、基本的には作者が指定した外見設定をもとにイラストレーターに描いてもらうことになる。そのためキャラクターの外見を考える時は色まで意識して設定した方がいいのだが、多くの小説家志望者は色味のバランスを特に気にせずに設定してしまう傾向にある。

よくあるのが、キャラクターを全員黒や茶色系統でまとめてしまうものだ。特に現代日本を舞台にして書かれたような作品には、キャラクターが全員黒髪黒目という傾向が多い。またファンタジーでも、あまり派手な色をイメージできない人は、茶色系統でまとめてしまうことがよくある。

しかし実際にイラストになった時のことを考えてみよう。全員が全員、黒や茶色の髪や瞳をしていれば、単純に華がない。そしてパッと見でキャラクターの区別が判断しづらいという問題もある。

イラストがなくても、文章で表現する時に同じような表現になってしまうこともあるだろう。複数のキャラクターが登場しているのに、同じような言い回しで髪の色や瞳の色について説明されると、誰のことを言っているのかわからなくなってしまうかもしれない。

登場するキャラクターが全員純日本人であっても、色の表現には差をつけたい。同じ黒髪であっても、艶のある濡れ羽色と、実は日本人に一番多いといわれる赤みがかった黒髪とでは、キャラクターを描写する時に表現の違いが出せるだろう。

このような些細な差を意識してキャラクターを設定すると、イラストになった時にも色に差が出てくる。またファンタジーなどの異世界であれば、もっと華やかな色を持ってくることで、イラストが鮮やかになることは間違いない。

服装について

髪の色と瞳の色に関する話をしたが、何もキャラクターの個性を「色」で表現するのは、髪と瞳に限ったことではない。キャラクターが身にまとう服装でも、様々な色を表現することができる。

しかし服装は、容姿の描写以上に苦手意識を持っている人が多い。ファッションに対して詳しくないからといって、「パーカー」「Tシャツ」「ジーンズ」といったような簡単な表現で済ませてしまう人が少なくない。そしてその色も、やはり黒や白といった地味なものに偏りがちだ。

特にファンタジー作品でそれをやってしまうのは問題だ。髪や瞳と同じように、異世界を書くなら現代日本の流行や常識にとらわれず、もっと様々な形状や色の服を着せるべきだろう。

それなのに、まるで現代での部屋着のような服をキャラクターに着せようとする。これでは世界観が全く活かされず、あまりにももったいない。

苦手意識を持っているからといって、そこで立ち止まっていてはいつまでも前に進めない。わからないことは調べる――これが当たり前かつ最も確実に力のつく方法である。自分が好きなファンタジー小説やアニメ、ゲームなどのキャラクターはどのような服を着ているのか、その形状や色を調べて参考にするのだ。

何も難しいファッション用語を使えと言っているわけではない。むしろファッション用語ばかり使用すると、服装にそこまで詳しくない読者からすれば何のことを言っているのかわからず、逆にイメージできなくなってしまう。

例えば、スカートの種類のひとつにペンシルスカートというものがある。これは、腰から裾までのシルエットが真っ直ぐな、ほっそりとした膝丈のスカートのことだ。

このスカートを表現する時に、何も「ペンシルスカート」というファッション用語を用いる必要はない。先ほど説明したように、「腰から裾までのシルエットが真っ直ぐな、ほっそりとした膝丈のスカート」と書けばいいのである。

まずは自分の好きな作品のキャラクターがどのような服装を着ているのかを、自分なりの文章で書き表してみよう。それに慣れてくると、自作のキャラクターに着せる服にも多様性が出てくるはずだ。

☑装飾品の役割

服の他にも注目したいのが、アクセサリーの存在だ。特にファンタジー作品におけるアクセサリーの役割は大きく、例えばこれといった特徴のないノースリーブの茶色のワンピースを着せたとしても、羽のついた髪飾りや大きな金のイヤリング、色とりどりの石がついたネックレス、花のモチーフが入ったベルト、幾重にも連なる文様の入ったブレスレットや、それとおそろいのデザインのアンクレットなど、装飾品を付加することで印象は大きく変わる。

また装飾品というと女性キャラクターだけが当てはまると思うかもしれないが、もちろん男性キャラクターも装飾品を身にまとっていた方が華やかな印象になる。ピアスやネックレス、ブレスレットなどのほか、バンダナや腕時計なども装飾品に含まれる。

そして、装飾品とは少し異なるが、武器の存在も大きいだろう。腰にいつも短剣を常備しているキャラクターや、弓や大剣を背負っているキャラクターもいるかもしれない。

そういった武器も身につけているもののひとつであり、キャラクターの個性を出す一端を担っている。これらも服装と同じく、ただ「短剣」「弓」「大剣」といったような表現をするよりも、どのような形状でどのような装飾が施されていて……といった描写をした方が、イメージしやすくなる。

服装の形状を表現するのが難しいという人は、その身につけている装飾品や武器といった類のものでキャラクターを華やかに見せるというのもひとつの手である。ファンタジーな世界を舞台にしたゲームなどには装飾品で着飾ったキャラクターが多く出てくるので、参考にしてみるといい。

一気に描写しないこと

ここまでキャラクターの服装や装飾品などについて解説してきたが、その見せ方には少し工夫が必要である。

これがイラストなら一目でビジュアルを捉えることができる。しかし文章で説明するとなると、イラストのように一目で理解してもらうというわけにはいかない。注意点は、一から十まで一気に説明してはいけないということだ。

キャラクターが初めて登場するシーンにおいて、見た目について大まかな説明をする必要はある。第一印象というものがあるし、キャラクターの大体のイメージを最初に掴んでもらう必要があるからだ。

しかし服装の細かい部分や些細や装飾品まで一気に説明されると、逆に情報過多で頭に入ってこない可能性が高い。誰かに初めて会う時も、会ってすぐに隅から隅まで相手を見るようなことはないだろう。それと同じだ。

例文で見てみよう。

「圭佑くん?」

声をかけられて、ハッと顔を上げる。そこには、五年ぶりに再会する和葉の姿があった。

彼女は最後に会った時と同じ、薄紫のフレームのメガネをかけていた。身長が低いのも、長い黒髪も変わらない。

会社帰りに寄ると言っていたので、服装はいかにもOLといった感じのものだ。白いシャツに膝丈のベージュのスカート。そのうえに、ピンク色のカーディガンを羽織っている。カーディガンには、白いボタンが五つ付いていた。

手に持っている大きめの黒い鞄は、ブランド物だろうか。金色の装飾でロゴのようなものが入っている。足元を彩るパンプスはカーディガンより濃い目のピンク色だ。

華奢な手首には、細いベルトの腕時計が巻きつけられている。ベルトの色は赤く、丸い時計盤のフレームは銀色だ。

そしてその手には、スマートフォンが握られている。つい先ほどまでSNSで連絡を取り合っていたので、そのためだろう。機種まではわからないが、真っ白な中にワンポイントとして小さなオレンジの花が描かれているそのケースは、控えめだが可愛らしい彼女の性格を思わせるようだった。

以上のような初登場シーンを読んだ時、どう思うだろう。詳しくは書かれているものの、情報が多すぎると感じるのではないだろうか。

五年ぶりに再会するというシチュエーションなので、確かに日頃から何度も顔を合わせている相手よりはまじまじと見てしまうかもしれない。しかしここでもっと見せなければならないのは、再会した時の感情だ。

先の例文では服装や小物などの描写に熱を入れすぎていて、その感情の動きといったものが見えてこない。再会のシーンで必要な服装や小物の描写といえば、「メガネ」「シャツ」「スカート」「カーディガン」「パンプス」……この程度の、パッと見て目に入ってくる情報で充分だ。カーディガンのボタンや、鞄とそこに入ったロゴ、腕時計、スマートフォンとそのケースなどの細かい情報は、何もここで書く必要はない。

では、細かい部分の描写はどこで行えばいいのだろうか。それは、ストーリーを進めていく中で自然と魅せていくものだ。

例えば、この後に二人で喫茶店に入るシーンがあるとしよう。その時に、向かいに座る彼女がコーヒーを飲むシーンで手首の腕時計が目に入ったり、机の上に置かれた彼女のスマートフォンが誰かからの連絡を受けて振動したり、そういったポイントで描写していくのである。

そうすることによって、初登場時に提示された彼女のイメージに、細かい情報がどんどん付加されていく形になる。またストーリーを読み進めながら徐々に情報を頭に入れていくので、先ほどのように一気に詰め込まれて読むのが大変、ということもない。

細かく練られた服装や装飾品の設定と、その見せ方を押さえておけば、自分の作り上げたキャラクターをより魅力的に表現することができるだろう。

年齢で多様性を出す

児童書やライトノベル、青春小説の主人公は大半が学生だ。これは主な対象読者と近い年齢にしているためである。レーベルによっても異なるが、中でも中高生が比較的多いといえるだろう。

主人公が十代であれば、その周りのキャラクターも同年代であることが多い。学校に通っている設定なら、日常で接する機会が特に多いのは同じ学校の生徒なので、主要キャラクターの全員が同年齢、ということも珍しくはないだろう。どうしたって交友関係が学校に絞られがちだからだ。

ただこれが異世界で繰り広げられる物語や、現代であっても学校以外が主な舞台となっている物語なら、もっとキャラクターの年齢の幅を広げることができる。冒険をテーマにしたようなゲーム的な物語であれば、パーティメンバーが必要だ。そのパーティメンバーを考える時に、同年代のキャラクターばかりが登場するより、十歳程度の子どもがいたり、四十歳の男がいたりする方が、メンバーに多様性が出るだろう。

主人公となるキャラクターは、やはり読者が感情移入をしやすい十代半ばから後半ぐらいの年齢が最も適していると思われる。その周りを取り囲むキャラクターも、基本的には近い年齢であった方が、友人関係や恋愛関係などの描写がしやすくなる。ただ、その中に二人や三人、大きく年齢の離れたキャラクターがいれば、面白みが増すはずだ。

特に大人のキャラクターは、人生経験を積んでいる分、違う観点から主人公にアドバイスをするような役目を果たすこともあるだろう。そういったキャラクターがいれば、物語にも深みが出る。

リアルとの差に気を付ける

自分と大きく年齢の離れたキャラクターを描く時、

注意しなければならないのは、「等身大の人物像が描けているか」ということだ。

例えば、主人公（男子高校生）の家の近所に住む小学五年生の女の子が登場したとする。小学五年生といえば、年齢では十歳から十一歳にあたる。

幼い頃から主人公と知り合いで、彼のことが大好きで「お兄ちゃん」と呼んでいる彼女。どこに行くにもくっついてきて、ことあるごとに「お兄ちゃん大好き」と言ってくる……というような設定だ。

ライトノベルやアニメなどでよく見かけるような設定だと思うだろう。しかし、実際の小学五年生の女の子といえば、すでに思春期に入っている年齢である。

どこに行くにもくっついていったり、臆面もなく「お兄ちゃん大好き」と伝えたり……というのが恥ずかしいと感じる年齢だ。「小学生」と聞くとまだまだ子どもだと思い、そのイメージのまま書いてしまうかもしれないが、内面の成長は意外と早い。小学生向けのファッション雑誌もあるくらいで、このくらいの年からメイク用品に手を出し始める子も珍しくないだろう。

そういった、イメージと現実の違いというものが存在することに気を付けるべきだ。ただ容姿のところでも触れたように、フィクションなのである程度の変化をつけることは大いに構わない。キャラクターに個性を持たせる意味でも、あまりがちがちに「等身大」を意識しすぎる必要はない。

ただ、例えば現代日本を舞台にした青春小説のような物語で、あまりにも年齢とかけ離れたような振る舞いをするキャラクターが登場すると、一気に物語の雰囲気を壊してしまう可能性がある。作品の方向性も考えながら、バランスを見ていこう。

また、自分よりも年上のキャラクターを書くというのは難しい。当然ながら自分がまだその年代に達していないため、どういった目で世間を見ているのか、物事を捉えているのかなどは想像することしかできない。

しかしあまり適当に書いてしまうと、せっかくの大人のキャラクターなのに頼りないだけで魅力を感じられない……といったことになりかねない。身近にいる大人に話を聞いたり、芸能人のインタビューを読んだりして、その考え方を勉強してみるといいだろう。

☑ 同じような名前になっていないか

皆さんは、キャラクターの名前をどのように決めているだろうか。何か意味を持たせたり、好きな漢字を入れたり、そのキャラクターのイメージの音を使ったり、おそらく一人ひとりに思いを込めながら名付けていることだろう。

ただ、個人の名前を決める時にはあれこれ頭を悩ませるかもしれないが、全体のバランスは考えられているだろうか。いきなりそう言われても、いまいちピンとこない人もいるかもしれないが、主要キャラクター全員の名前を並べてみた時に、引っかかるところはないだろうか、ということである。

実は、キャラクターの名前というのも、文章の読みやすさを左右することがある。特に注意してほしいのが、同じような名前が複数のキャラクターに使われていないかということだ。

同じような名前、の例には次のようなものがある。

【字面が似ている】

- 「萩原（はぎわら）」と「荻原（おぎわら）」
- 「彰（あきら）」と「彩（あや）」

【音が似ている】

- 「明里（あかり）」と「茜（あかね）」
- 「康太（こうた）」と「奏多（そうた）」

【同じ文字が使われている】

- 「岩崎（いわさき）」と「大崎（おおさき）」
- 「レイモンド」と「レオナルド」

【母音が同じ】

- 「葵（あおい）」と「沙織（さおり）」
- 「アリア」と「ライザ」

【長音符の位置】
・「クラーク」と「フリーダ」
・「ローラ」と「ルース」

ざっと挙げるとこのようなものがある。

まず「字面が似ている」ものについては、字そのものの形が似ている名前だ。読みは全く異なっていても、人間の目は字の形を認識しながら読み進めていくので、同じような形が出てくると混乱してしまう。

それとは逆に、「音が似ている」場合もある。こちらは字の形は全く異なっていても、文字を音として頭の中に取り込んでいく際に、やはり混乱が生じてしまう。

そして「同じ文字が使われている」場合だ。漢字の場合だと特にわかりやすいが、カタカナの名前であっても同じ文字が名前にふたつやみっつ入っていると、似通った印象になってしまう。

そして、気付きにくいのが「母音が同じ」パターンだ。これは一見全く違う名前に見える。しかし母音が同じ名前が小説の中で何度も何度も繰り返し出てくると、やはりこちらも似ている音として認識され、紛らわしいと感じられてしまう。

「長音符の位置」は、同じ文字数の名前で同じ位置に長音符が入っていると、同じような名前に感じられるということである。これも音の問題で、口にした時によく似た感じになることがわかるだろう。

このような「同じような名前」だが、よく兄弟や姉妹のキャラクターたちに意図的に似た名前をつけるという設定が見られる。特に双子のキャラクターたちは、そういった傾向にある。このような場合は、あえて似た字面や音にすることで血縁関係にあることを強調しているので、問題ないだろう。

しかしそのような設定もなく、登場するキャラクターたちが同じような名前ばかりでは、間違いなく読者は混乱してしまう。そういったことも考慮して、主要キャラクターたち全員の名前を見直してみてほしいということだ。

☑ 文字数を見る

漢字やひらがなの名前でもカタカナの名前でも、最初に気を配ってほしいのは文字数である。

例えば主要キャラクターの名前が、「悠人（ゆうと）」「春香（はるか）」「大輝（だいき）」「冬馬（とうま）」「花梨（かりん）」だったとしよう。ご覧の通り、全員漢字で二文字、ひらがなで三文字の名前である。

これらの名前が小説の中で何度も登場しても、際立って読みづらいということはない。しかし、「悠人」「春香」といったように漢字二文字の名前が並ぶより、「悠人」「はるか」のように明らかに文字に違いがあった方が、一目でキャラクターを判断できる。

日本の名前は特に、苗字も名前も漢字二文字になりがちだ。全員が同じ文字数になってしまっているなと感じたら、漢字一文字や三文字にしてみたり、ひらがなにしてみたりすることで、名前の見た目にもバリエーションが出る。

ラ行と小さな文字

カタカナの名前をつけるにあたって気を付けておいた方がいいのは、「ラ行」の多用である。異世界ファンタジーなどの作品でキャラクターの名前を全員カタカナにする時、ラ行を用いた名前が使われることが非常に多い。

ラ行は確かにカタカナの名前を考えるにあたって非常に使い勝手がいい。音にした時の響きもよく、洗練されたイメージを受ける。

しかし下手をすると全員の名前にラ行が入っていたり、同じ文字が四人も五人も共通して使われていたり、なんてことに成りかねない。これが、「オルガ」「カレン」「バートランド」のように、他の文字に挟まれるような形でひとつ入っている程度なら、さして気にならないだろう。だが、「ラルフ」「リリー」「レイラ」「ローレル」といったように、頭にラ行がつき、さらに名前の大部分、あるいは全てがラ行によって構成されているような名前は、ラ行の印象が非常に強くなってしまう。

もちろん、こういったキャラクターがひとりやふたりいる分には問題ない。しかし主要キャラクター全員がラ行の印象の強い名前だと、音の響きが似通っているために、やはり同じような名前だと認識されてしまう。

また、同じくカタカナの名前で多用しすぎないように気を付けた方がいいのは、拗促音（ようそくおん）である。拗促音とは「拗音」と「促音」のことで、拗音は「キャ」「チュ」「リョ」のようにひとつの音節を二文字で書き表すもののことである。そして促音とは、「ッ」で表記される一瞬だけつまる音のことだ。

要するに「ャ」「ュ」「ョ」「ッ」のような小さな文字を多用しないようにしたい。拗促音には含まれないが、それに近いもので「ァ」「ィ」「ゥ」「ェ」「ォ」もファンタジーなどでは固有名詞に用いられることが多いので、今回はそれも含めた説明としよう。

これらの小さな文字も、ラ行と同じように適度に使用する分には問題ない。しかし、「レティーシャ」「ロッティ」「ヴィヴィアン」などのように、登場キャラクターの多くの名前に小さな文字が含まれていると、やはり似たような印象の響きになる。

ラ行もこれらの小さな文字も、名前に含めるときれいな音になる。多用しすぎずに、特にその音のイメージに合うキャラクターのみにつける、という風にすると、名前の個性がより際立つだろう。

ネーミングチェックシート

①	似たような字面の名前になっていないか	
②	似たような音の名前になっていないか	
③	名前の中に同じ文字が使われていないか	
④	母音が同じ名前になっていないか	
⑤	長音符の位置が同じ名前になっていないか	
⑥	名前の文字数が全員同じになっていないか	
⑦	名前の中に「ラ行」は多用されていないか	
⑧	名前の中に小さな文字は多用されていないか	

雰囲気

身にまとっているイメージ

キャラクターを表現する際に、目に見える外見描写でも、性格などの内面描写でもなく、「雰囲気」で表すことがある。この雰囲気の描写は、キャラクターの人物像を表すのに大きな効果をもたらしてくれる。

試しに、次の例文を見比べてみよう。

❶きれいな長い黒髪の、清楚な雰囲気の女性だった。

❷きれいな長い黒髪の、クールな雰囲気の女性だった。

❸きれいな長い黒髪の、妖艶な雰囲気の女性だった。

いずれも「きれいな長い黒髪の女性」なのだが、雰囲気の描写が異なるだけで、全く違うイメージが浮かび上がるだろう。雰囲気の描写は、このようにたった一言だけでもキャラクターのイメージをびしっと決めてくれるところがある。「おとなしい」「穏やか」「神秘的」「明るい」「大人っぽい」……これらは全て雰囲気を表す言葉である。

キャラクターが初めて登場するシーンでも、まとっている雰囲気がどのようなものであるのかを一言描写するだけで、読者はその人物をイメージしやすくなる。容姿や服装などの描写とあわせて、雰囲気も伝えるようにするといいだろう。

他者が受ける印象

雰囲気には、本人がまとっているものの他に、他者から見てどのような印象か、というものもある。本人がまとっているイメージは同じでも、受け手側によってその印象が変わるということだ。

次のふたつの例文を見てみよう。

❶その人は部屋に入ってくるなり、大きな声で俺に

話しかけてきた。気さくな人だなと思った。

❷その人は部屋に入ってくるなり、大きな声で俺に話しかけてきた。怖い人だなと思った。

❶の場合は、「大きな声」で話しかけた相手に「気さく」という印象を受けた。しかし❷では、同じ表現にもかかわらず「大きな声」に「怖い」という印象を受けている。

この違いから、❶で視点となっているキャラクターはそれなりに社交的で、初対面の相手とも割とすぐに会話が始められる性格。一方の❷のキャラクターは、消極的で少し人見知りをする気質とイメージすることができる。

このように、受け手側の性格やその時の気分などによって、相手の印象は変わってくる。人間性の合う・合わないも、そういった違いから生まれるはずだ。読者も❶と❷では相手のキャラクターに抱くイメージが多少異なることだろう。複数の視点から描かれるような作品なら、その印象の違いを視点となっているキャラクターごとに書き分けるのも面白い。

雰囲気とは、外見描写とも内面描写とも異なる、そのキャラクターからにじみ出る印象のようなもの

本人が身にまとっている印象

そのキャラクター自身が持っているイメージ。人物像を表すのに大きな効果をもたらす

他者が受ける印象

他者から見てその人がどう見えるか、という印象。見る側の性格や状況が影響しやすい

このふたつは必ず同じになるとは限らない

会話でキャラクターを表現する

キャラクターには、一人で何かをさせるよりも、誰かと会話をさせた方がその人物像が見えやすくなる。会話をする相手がいるということは、もう一人のキャラクターが何らかの感情を含んだ言葉を投げてくることによって、それを受け取る側のキャラクターにも心の動きがあり、言葉で返す……というキャッチボールが成立するからだ。

一人で何かをしているシーンだと、このような感情の動きは生まれにくく、また言葉にすることもほとんどない。誰かを相手にしているその対応を見て、「このキャラクターはこういう人物なのだな」と認識を深めることができるのである。

例えば、性格や生まれ育った境遇、頭の良し悪しなどが異なる複数のキャラクターを思い浮かべてみよう。そして彼らがそれぞれ、ガラの悪い人間に絡まれた時にどのような対処をするのか、というシチュエーションを想像してみる。その際、相手に返す言葉の内容や口調、そこに含まれる感情といったものは異なってくるはずだ。

このように、キャラクターによって対処が異なると思われるシチュエーションに放り込むことで、人間性の違いがわかりやすくなる。キャラクターの各々の個性を表現したい時に、こういった手法を用いてみるといい。

口調による印象の違い

さて、会話をさせることで人間性が見えやすくなると述べたが、そこにはキャラクターが使う言葉の印象も大きく関わってくる。同じようなセリフを喋らせたとしても、威圧的な喋り方をするキャラクターもいれば、柔らかい口調で喋るキャラクターもいるだろう。

次の例文を見比べて、その印象の違いを感じ取ってもらいたい。

❶お前に頼みたいことがあるんだよ。時間はとらせねぇ、簡単な依頼だ。

❷あなたに頼みたいことがあるんです。時間はとらせません、簡単な依頼です。

❸君に頼みたいことがあるんだ。時間はとらせない、簡単な依頼だよ。

いずれも相手に依頼したいことがある、というセリフで、話している内容自体は全く同じである。しかし口調によって、思い浮かべるキャラクター像は全然違うものになるのではないだろうか。

ひとつ目は非常に男性的な口調だ。「お前」という二人称や、「ない」を「ねぇ」と言うところなど、少々荒っぽさを感じさせるような言葉遣いである。

ふたつ目は丁寧な口調だ。女性的な口調だが、聞き手より立場が下の男性でも通じる口調である。この中では最も柔らかい印象を受ける言葉遣いだ。

そしてみっつ目は、ひとつ目と同じように男性的ではあるものの、ふたつ目のような柔らかさも感じさせる口調となっている。しかし不思議なことに、柔らかい言葉遣いの中にも威圧的な印象を受けるのではないだろうか。「君」という二人称が、自分と同じ立場かあるいは目下の者に対して使われるものということもあって、丁寧ながらも威圧感のある言葉遣いになっている。

このように、キャラクターのセリフはその口調によって大きく印象が変わってくる。個性を表す要素のひとつなので、キャラクターの口調を決める時はその性格ときちんと噛み合っているかどうかを考えた方がいいだろう。

一人称が与える印象

例文をもとに、二人称が与える印象について少し触れたが、もちろん一人称もキャラクターの個性に大きく関わってくる部分だ。一人称が「俺」のキャラクターと「僕」のキャラクターでは、それだけで受ける印象が変わってくる。

先の例文をもとにするなら、ひとつ目の例文のキャラクターは「俺」、ふたつ目は「私」、みっつ目は「僕」のように想像できるだろう。「俺」は男性的な一人称であり、「私」は女性的、あるいは丁寧な一人称、「僕」は男性的だが柔らかい印象の一人称、と口調の特徴と一致する一人称が思い浮かぶはずだ。

一人称にも非常に多くの種類があり、同じ音でもひらがな表記のものと漢字表記のもの、カタカナ表記のものではどれも印象が異なってくる。例えば、「僕」という一人称ひとつとっても、「僕」と「ボク」と「ぼく」とではイメージが少し違ってくるはずだ。

漢字の「僕」は、幅広い年齢のキャラクターが用いることのできる一人称だ。十代半ばのキャラクターが「僕は〜」と言っていても違和感はないし、四十代くらいの穏やかな性格のキャラクターが使っていても自然に聞こえる。

しかし「ボク」と「ぼく」はもう少し使われる年齢が限定されるだろう。どちらもせいぜい十代までという印象で、中でも「ぼく」は年齢が一桁の、本当に子どもというべきキャラクターが使っているようなイメージがある。また、「ボク」に関しては女の子が使うこともありそうだ。

このように、一人称の違いはキャラクターの性格の違いに直結しているようなところがある。もちろんここに挙げたような使い方が絶対ということはなく、二十代のキャラクターにあえて「ボク」と言わせて内面の子どもっぽさを演出したり、ボーイッシュな女の子に「オレ」と言わせたりするなど、個性の見せ方は様々だ。シーンによって「俺」と「私」をしっかり使い分けることのできるキャラクター、というのも人間性の見せ方のひとつだだろう。

一人称の細かな違いは、それだけでキャラクターへの想像を膨らませることができて面白い。これまで「一人称は意識してきたけど、ひらがなや漢字やカタカナによる印象の違いまでは考えてこなかった」という人は、この機会に是非考えるようにしてみてほしい。

☑ 口調に特徴をつける

キャラクターごとに一人称を変えるのは、個性を表すという役割の他に、会話シーンにおいて誰の発言かをわかりやすくするというものもある。例えば、次の会話を見てみよう。

「誰か俺のスマホ見なかった？」
「俺は見てないよ」
「俺も見てない」

このように全員が同じ一人称を使っていると、誰のセリフなのかを一目で判別することができない。しかし次のようにすれば、発言者がすぐにわかる。

「誰か俺のスマホ見なかった？」
「僕は見てないよ」
「オレも見てない」

こういった会話の中における一人称の違いは、特に多人数で会話するシーンにおいて役に立つ。「多人数での会話シーン」で、発言者を描写することの重要さについて述べたが、会話のテンポを小気味よくしたいような時には、このように一人称に違いを持たせるだけで、セリフだけでも発言者がわかるようになる。

また一人称だけでなく、先ほど述べた口調の違いについても同様だ。口調に特徴があれば、それだけでキャラクターを判別することが可能となる。

特徴をつけるというのは、何もキャラクター全員の語尾を「～にゃ」「～ざます」といったような特殊なものにする、というようなことではない。もちろんそれも個性の表現のひとつなのだが、全員が全員特徴的な語尾を使うキャラクターでは、さすがに鬱陶（うっとう）しいだろう。

特殊な言葉を使うようなキャラクターでなくても、「男言葉や女言葉を使う」「敬語キャラがいる」「関西弁を使う」といったように、口調に特徴を持たせればいいのである。同じように女性的な口調であっても、語尾を「～だわ」というキャラクターと「～だよ」というキャラクターではイメージが大きく異なるだろう。前者の方がより女性的で大人っぽいイメージ、後者はどこか幼さが残る快活なイメージだ。

そういった違いを演出してほしいのである。意識して口調を変えるだけで、随分会話文が読みやすくなるはずだ。

仕草でキャラクターを表現する

キャラクターの仕草の描写は、「会話文」のところでも述べたように会話の合間の描写として使えるほか、会話シーンでなくとも心情や個性を表現するのにとても効果的だ。

そもそも仕草とはどういったものを指すのか。立ち上がったり、腕を振ったりといったものは「仕草」ではなく「動作」になる。仕草は、それよりももっとささやかな所作のことで、髪の毛に触れたり腕や脚を組んだり……といったもののことだ。目を伏せる、視線を泳がせる、瞬きをするといったような目元付近のかすかな動きも仕草に含まれる。

そういった小さな描写であっても、仕草はキャラクター性を表してくれる。例えばただ椅子に座っているだけのシーンでも、貧乏ゆすりをしている人であれば気が短いようなイメージがあるし、脚を投げ出している人は自由奔放な印象を受ける。

このように仕草を表現するということは、視覚的に捉えられない性格や内面の個性といったものを、目に見える形で外に出すということでもある。あちこちに仕草の表現を散りばめることで、さり気なくキャラクター性を示すことができるのだ。

また仕草を書くということは、心情の表現の幅を広げるということでもある。例えば「照れる」という心情を表現したい時、どういった仕草がふさわしいかを考えてみよう。頭の後ろをかく、鼻の下をこする、頬に手を当てる……などいくつかの仕草が思い浮かぶはずだ。

心情描写のところでも触れたが、内面の描写が苦手だという人でも、このように仕草に心情を乗せることで、目に見える形での表現が可能となる。小さな動きでも、それを描写するかしないかで表現に大きな差が生まれるのだ。

癖を書く

人は自覚のある・なしに関わらず、誰しも癖を持っているといわれている。癖は人によって様々だが、自分でも気付かないうちにその所作を行っていることが多いので、自分で思うよりも他人の目から見た方がはっきりと「癖」であることがわかる傾向にある。

癖は本当に多種多様だ。爪を噛む、舌打ちをするといったものから、会話する時に必ず髪を触る、口元に手をやる、片手で反対の手の指をいじる……など数え切れないほどの癖が存在する。

この「癖」も、キャラクターを表現する仕草のひとつだ。一時的な行動ではなく、違う場面においても何度もその仕草を行っている描写を入れることで、読者は「このキャラクターの癖なのだな」と読み取ることができる。その癖によってキャラクターの性格が垣間見えてくるのだ。

例えば眉間に皺を寄せるという描写があったとする。その仕草が使われているのがワンシーンだけなら、「苛立っているんだな」と思うだけで終わるかもしれない。しかし他のシーンでも何度もその描写が出てくると、「気難しい人なのかな」という印象になる。

感情による一時的な仕草と、日常的に行われていると思われる癖とでは、その受け取り方が少し変わってくる。もしキャラクターに癖を持たせるのであれば、その人物の性格と結びついているかどうかを意識しながら設定するのがいいだろう。

仕草に表れる深層心理

仕草には心理が表れるといわれている。例に挙げた「頭の後ろをかくのは照れている時」といったわかりやすくイメージできるものもあれば、調べてみなければわからないような、隠れた本性や深層心理から来ているものもある。

その一部を紹介してみよう。

・体の前で腕を組む

強い警戒心を抱いている。拒否や拒絶、自己防衛を示す。

・小指を立てる

周囲から注目されるのが好き。女性的な仕草で、より女性らしさをアピールしている。

・顎をさする

プライドが高く、相手を下に見ている。ナルシストや自信家が多い。

・唇を舐める

ストレスや不安、緊張を感じている。

ひとつの仕草につき複数の深層心理が含まれることもあるので、例に挙げたものの他にも様々な意味合いを持つ場合もあるだろう。そしてここに挙げたものは本当に一部に過ぎないので、キャラクターに意味のある仕草をとらせる際には自分で調べてみるのが一番良い。普段から行っている人間観察も生きてくる。実際の人を見ていて癖を発見したらメモしておきたい。

もちろん、仕草を描写する際に毎回意味合いを調べる必要はない。そんなことをしていてはキリがなく、非常に時間がかかる。なので、ここぞという重要なシーンを書く時や、伏線的に仕草を書く時にのみ、調べるようにするといいだろう。

仕草　動作よりもささやかなキャラクターの所作を表すもの

仕草の描写がもたらす効果

キャラクターのその時の感情を表す

感情や性格などの内面が仕草を通して表面に出る

キャラクターの癖を表す

一時的な仕草よりも強くキャラクター性を見せる

キャラクターの深層心理を表す

仕草によっては深層心理や隠れた本性が現れるものもある

4章

実践

掌編を書く

実際に書いてみる

ここまで、日本語の文章のごく基本的なルールから、読みやすい文章の根幹部分、そして描写のポイントまで、小説を執筆するにあたって身につけておきたい文章テクニックを紹介してきた。ここまでの内容を自分なりに噛み砕くことで、基本的なテクニックは理解いただけたのではないかと思う。

しかし、それだけでは不十分だ。創作だけではなくあらゆる分野で共通して言えることだが、「頭でわかっていても実際に実行できるかどうかは別」である。ここまでの本の内容を理解していても、それを技術として実際に創作に活かせるかどうかは、やってみないとわからないのだ。

これまでにも何度か述べてきたことだが、小説の文章には「こう書けば正解」というわかりやすい解が存在しているわけではない。小説というものは常に一定の状況を書くようなものではなく、物語の中で登場するさまざまなシチュエーションに対応して、その時々に適した文章が書けるようでなければならない。

そこで、ここからは二章でも触れたように四〇〇字詰めの原稿用紙二枚程度の掌編を書くことで技術を磨き、実践に即したレッスンを行っていってほしいと思う。もちろん練習として書いたものがそのまま長編に使えるというわけでもないのだが、いわば筋トレのようなもので、長い物語を書く時にも役立つ基礎的な力を身につけるということだ。

ただ漠然と書くよりも、はっきりとしたテーマがあった方が書きやすいはずである。この章では、長編小説で出てきそうな多様なシチュエーションを提示し、それに合わせた文章を書き進めてもらうことにする。その中で、これまでの紹介で出てきた文章テクニックを自分なりに意識できているかどうか、確認しながら取り組んでほしい。

様々なテーマに挑戦する

テーマは全部で十五個用意した。日常の描写から状況描写、キャラクターの表現まで、様々なテーマがある。

中には、「こんなの書いたことない」「これは苦手なテーマだ」と思われるものもあるだろう。しかしそれらを乗り越えることで、文章力は更に向上する。

また様々なシチュエーションにチャレンジしてみることで、それが自信になることもある。「書くのが苦手な要素は入れないようにしよう」という考えでは、どうしても物語の振り幅が狭くなってしまい、次第に似たような方向性の作品しか書けなくなってしまうだろう。

苦手なものを避け続けていれば、いつまでもそのシチュエーションが書けるようにはならない。そして現実問題として、プロとしてやっていきたいのであれば「苦手だから書けません」では通らない。編集者からシチュエーションの変更を求められることもあるのだ。そのような時に、「書けるものしか書かない」という態度では、プロとしてやっていけないだろう。

しかし、色々なテーマに取り組んだことがあれば、「あの時書けたんだから何とかなるはずだ」と前向きに考えることもできる。あるいは、苦手だと思って避けていたものが、書いてみると意外に楽しかったということもあるかもしれない。

自分の創作の世界を広げるためにも、書いたことのないテーマ、難しそうなテーマは進んで取り組むようにしよう。

注意点とチャレンジ

テーマに沿って掌編を書く時の注意点だが、「テーマから外れないように気を付ける」ことだ。何を当たり前のことを、と思われるかもしれないが、これは面白いストーリーを作ろうと試行錯誤する人がはまりやすい落とし穴である。

面白いストーリーや意外なオチ、独特の雰囲気を作ろうとする姿勢は、非常に良い。文章を書く力を鍛えながら、一方で物語そのものを工夫しようという意欲的な態度の表れだからである。

しかし、その「面白くしよう」とする意識にとらわれるあまり、本来書くべきテーマが置き去りになってしまい、結果としてテーマから外れた作品になってしまう、というわけだ。「テーマに沿った作品にすること」と「面白さを意識すること」、この二点に気を付けながら書いていくのはなかなか難しいのだが、だからこそ挑んでみてほしい。

また他にも挑戦してほしいのは、時間制限を設けることだ。プロの作家として小説を書いていくことを仕事にするなら、当然そこには締め切りという時間制限が生まれることになる。

またプロになる前からも、新人賞の締め切りというものが存在している。狙っている新人賞があれば、そこに間に合うように作品を書き上げなければならない。

プロを目指すということは、限られた時間の中で物語を書く力を身につけるということでもある。その練習の初期段階として、掌編を書く際にも時間制限を設けてみるのだ。

また時間制限を設けるのは、ひとつの作品にいつまでも手直しを加えないようにするためでもある。何度も何度も同じ作品を書き直すより、他のテーマに挑んでいくつも数をこなしていった方が、書く力がつく。完璧なものを仕上げようとこだわるよりも、できるだけ多くの作品を書くように心がけよう。

構想と推敲

テーマごとに、執筆を行う前に必ず読んでほしい【ヒント】を用意した。【ヒント】には、どういった要素を入れればうまく表現できるのか、どういった時に応用できるのか、といったようなことを記している。これを読み、どう書いていくかを考えてもらいたい。

考えをまとめる際には、メモ用紙などに下書きを行うといいだろう。いきなり原稿用紙に書き始める必要はなく、簡単なプロットのようなものを構想してから書き始めるのだ。そうすることによって、話の流れを頭の中に作り上げてから書くことができる。

きちんと考えがまとまらないままに書き始めてしまうと、途中で話の流れを見失ってしまったり、書きたかったものとは違う話になってしまったりする。この問題は長編を書いている時だけでなく、掌編を執筆する時にも起こりやすい。

そしてぶっつけ本番のような気持ちで書き始め、着地点が見えなくなってしまうと、無理やり終わらせてしまうようなこともよくある。「なんだかんだで無事に解決した」というような投げやりな締めくくりになってしまうのだ。

いくら練習とは言え、そんな風に投げやりになってしまったり、未完成のまま途中でやめてしまったりするのは良くない。一本一本を物語としてきちんと完成させるため、下書きで構想を練るようにしよう。

また、書き終えた後に確認するべき【推敲時のポイント】も用意している。こちらは、うまくいったか、何か問題がないか、といったところを確認し、推敲の材料にしてもらうためのものだ。

書き上がったからといって満足して終わらずに、きちんと自分の作品を見直すようにしよう。今回の失敗点はどこだったのか、どうすればより良くできるか、逆に今後も活かせそうなポイントはないか……自分の作品を見つめ直すことも、スキルアップには必要なことである。

掌編を書く時のポイント

テーマ ―― 両立 ―― 面白さ

テーマから外れないことを意識しつつ、物語として面白さも忘れないこと

時間制限を設けることで、限られた時間の中で物語を書く力も身につく

構想をメモ書きする

どのような物語にするのかという構想をメモ書きで作り上げてから書くと、話がまとまりやすく、時間短縮にもなる

食事

「食事」を通して書くこと

最初のテーマは「食事」だ。実生活ではあまりにも普通にしていることだけに、改めて小説として書けと言われると、どんな部分に注意して描写すればいいのか、わからなくなってしまうかもしれない。

食事シーンで描写できるのは、何も「食事」そのものだけではない。というより、「食事」のみを書くだけではシーンとして成立しない。「食事」を通して何を書くのか……そこが大きなポイントになる。

例えば、食べ方だ。わかりやすいところでいえば、「好きなものを先に食べるか、後に食べるか」というような食べ方の違いが存在する。

好きなものを食べる順番には、その人の性格や育ちが表れるとも言われているが、「先に食べるからこういう性格だ」「後に食べるからこういう育ち方だ」というはっきりとした答えが出ているわけではない。中には単に食が細いので好きなものを先に食べておきたい、というような人もいるだろう。

しかし、自分が食べる時のことを思い出して、何故そうするのかを考えてみて、「自分はこういう人間だから先に食べるのかもしれない」等と分析することはできる。そして、その分析を今度はキャラクターに当てはめてみるのだ。また自分とは逆の食べ方をする友人や知人に、何故そのような食べ方をするのか聞いてみるのも有りだろう。

また、食事があるからにはそれを作っている人がいる。この食事を作る人と食べる人の関係性、そして誰と食卓を囲むのかというのも、食事をするシーンでは重要な演出のひとつになってくる。

例えば一人暮らしをしていて、普段自分の作った料理ばかり食べている人が、久々に実家で母親の作った料理を家族と一緒に食べて、いつもの食事より美味しいと感じるようなことがあるだろう。

単に食べるだけでなく、そこに人間関係の描写や心理描写を含むことで、印象的なシーンを作ることができるのだ。

ヒント

・食事シーンはそれ自体がストーリーに絡んでくることは少ないが、キャラクターの方向性や雰囲気を見せやすい。食べ方や好き嫌い、食事中のやり取りなどに、そのキャラクターの人物像がにじみ出る。

・食事内容からキャラクターの置かれている状況が見えてくることもある。例えば、忙しい時は満足な食事がとれない、カップ麺やコンビニ弁当ばかり食べてしまう……というようなこともあるだろう。食事を通すことで、他の生活の一面も見えるような描き方をするといい。

・物語の盛り上がりを一度抑える、いわゆる「ヤマ」と「タニ」の「タニ」部分としても活用しやすい。食事をしながら激しく動いたりしないので、そこで一度落ち着くシーンを作るということだ。

・自分や友人の「食事（食べ物、食べ方）へのこだわり」を自覚・観察してみよう。

・食事と物語の関係について提唱している「フード理論」についても調べてみよう。『ゴロツキはいつも食卓を襲う フード理論とステレオタイプフード50』（福田里香／太田出版）をおすすめする。

推敲時のポイント

・何を食べるかに人間の個性は驚くほど出るものだ。贅沢な食事をする人間と、雑な食事をする人間は、正反対のイメージを持っている。ただ、「何故そのような食事をしているのか」「その食事に満足しているのか」といった部分にまで言及されることによって、イメージが変わることもある。

・「何を食べるか」と同じくらい「どう食べるか」も重要だ。食べ方がきれいな人はそれだけで良い印象を受けるし、逆も然りである。

・「美味しそうな」食事を書くにはどうすればいいかを考えよう。見た目、香り、味――きちんと表現できているだろうか。読者が「食べたい」と思ってしまうほどの描写を目指して欲しい。

サンプル『食事』

食事の描写。視覚と嗅覚からの情報。

目の前に並べられた豪勢な食事に、ニールはごくりと喉を鳴らした。オレンジ色のソースが添えられた野菜のソテーに、小麦の香ばしい匂いが鼻をくすぐる丸いパン、魚介類がふんだんに使われたパスタ……そして大きな大きな牛肉のステーキ。

普段、しがない傭兵として細々と暮らしているニールにとっては、どれもなかなか口にできないものばかりである。

「どうぞ、遠慮なさらずに召し上がって」

そう言って長いテーブルの向かい側で美しくほほ笑むのは、この伯爵家の一人娘――カノン嬢である。未だに、何故自分がいきなりこの家に連れてこられたのか理解しきれていないニールだったが、この可憐な笑顔と温かい湯気の立ち上る料理を前に、考えるのは後でもいいかな、という気になってくる。

「そ……それじゃ、遠慮なく……」

ナイフやフォークがいくつか並べられているものの、当然ながら作法などわからない。適当に引っ掴んで、真っ先に赤々としたステーキに手をつけた。一口大というには少々大きすぎるサイズに切り分け、ニールはその肉にかぶりつく。

今度は味覚と食感(触感)からの食べ物の情報。

テーブルマナーがわからない、真っ先にステーキに手をつける、一口大よりも大きな肉にかぶりつく、といった描写から、彼が普段はこういった食事と関わりがないことが強調されている。

（な……なんだこれ……！）

まず表面の焦げ目がカリッとした軽やかな食感を奏でた後、今まで味わったことのない柔らかさと旨味が口の中に広がり始めた。

（こ、これが肉なのか……！）

普段安い干し肉や細かい切れ端肉のようなものばかりを食べているニールは、自分の中にあった「肉」の常識を覆されてショックを受ける。そんな彼の様子をにこにこと眺めながら、カノンが口を開いた。

「そうそう、あなたをここに呼んだ理由だけれど」

「ふぁい？」

ニールは次々と料理を口に運びながら、彼女の顔を見る。カノンは美しい笑顔のまま、彼に告げた。

「南方の洞窟に、人食いの魔物がいるでしょう？　あれの退治に行ってもらいたいの」

その恐ろしい宣告に、食事を喉に詰まらせそうになりながら、ニールは自分がここに呼ばれた理由をようやく悟ったのだった。

なるほど、これは最後の晩餐なのか、と。

普段のニールが口にしているものの描写を入れて、その生活の差を表す。

生活の差が大きく出る

続いてのテーマは「寝起き」である。これは物語の中で積極的に書くことになるというよりは、特徴的な状況なので、書くことで表現・描写の練習になるという色合いが強い。

とはいえ、食事等と同じように日常で必ずやることでもあるので、日常や非日常の演出に効果的なのも事実だ。スムーズに書けるようにしておこう。

寝起きの描写が食事と異なるところは、直前まで意識がないということである。食事の場合は「ご飯を食べよう」というはっきりとした意識があって行動に移るが、寝起きの場合はそれとは異なる。

故に、いざ自分の寝起きはどうだろうと思い返そうとしてみても、思い出せるのははっきりと目が覚めてからのことで、夢現をさまよっている間のことは曖昧だ……という人もいるのではないだろうか。

もちろん、中には起床が全く苦にならないという人もいるだろう。朝になると決まった時間に自然とすっきり目が覚め、起きたその瞬間からすぐに動き出せる……そんな人は、きっとてきぱきと準備をすることができるはずだ。

また、起床の時間に家の事情が絡んでくるようなキャラクターもいるかもしれない。例えば実家が寺だというキャラクターは、日が昇るのと同時に目を覚ます、といったこともあり得る。

起床の仕方は個人差が大きい。中には、昼夜逆転で夕方に目が覚めるという人もいるだろう。そういった生活の違いが大きく出るところなので、それを意識して書いてほしい。

そして起床といえば、よく見られるのが何か衝撃的な夢を見て、大声を上げるのと同時に跳ね起きるようなシーンだ。「夢」も眠りに関するシーンでは大事な要素である。物語の導入部分をキャラクターが見ている夢から始め、そこからシーンを一転させて起床を描く、というような書き方もいいだろう。

ただ気を付けてほしいのは、その場合は話のメインが「夢」になってはいけないということだ。あくまでテーマは「起床」である。見た夢を受けて、キャラクターの起床シーンを書く——重点はそこにある。

ヒント

・キャラクターの一日を考えるのは、そのキャラクターを理解するための最も手っ取り早い手段のひとつ。その中でも「起床」は誰でも最初に行うことである。その起きた時の姿には、普段の生活というものが結構表れているものだ。

・そのキャラクターはどうやって起きるのだろうか。自然に目を覚ますのか、目覚まし時計を使っているのか、それとも誰かに起こしてもらうのだろうか。誰かに起こしてもらう場合、その相手が子どもや犬、あるいは一緒に寝ている人の寝相、というのも面白いかもしれない。

・「どのように起きるか」は「どのように寝たのか」ともつながってくる。そのキャラクターは健康的な睡眠をとることができたのだろうか？

・朝起きて、まず何をするだろう？　何を考えるだろう？　そのキャラクターの習慣などがあれば、それも表現するべきだ。

・寝起きから繋げて「朝ご飯は何をどう食べるか（そもそも食べられるか）」も、キャラクターの性格や生活態度、状況を表現するのに良い。家庭環境なども垣間見えてくるだろう。

推敲時のポイント

・目が覚めた時、まず何を認識し、何を感じるだろうか？　太陽の光か、布団の感触か、気温か、風か、寝汗か、それ以外の何かか？

・朝の光景をしっかりと書き込むと雰囲気が出る。朝日が射し込む部屋の様子や、窓から眺めた外の様子など、風景描写は活かされているだろうか。

・夢から覚めた後のリアクションも定番。夢の内容はどんなものか、またその夢はキャラクターの行動に影響を与えるか？

サンプル『寝起き』

起きて最初に目にするもの。

目が覚めた時、真っ先に感じたのは体の痛みだった。視界に広がるのは、カーテンを透かす日光により、ほんのりと明るく色づいたリビングだった。

なんでリビング？　と一瞬考えて、すぐに昨夜のことを思い出す。昨夜は日付が変わってから帰宅し、仕事で疲れきった体をカーペットに横たえたのだった。どうやらそのまま眠ってしまったらしい。

ベッドまで辿り着いてから力尽きたのであれば、まだ良かった。しかし薄いカーペットの上……しかも着替える体力すら残っておらず、スーツ姿のまま眠ってしまっていたため、とにかく体中がぎしぎしと痛む。

疲れが取れた気がしない。質の悪い睡眠をとってしまったからか、嫌な夢を見たような気もする。

ため息を吐きながら上半身を起こした。その時、スマートフォンが体から滑り落ちて、床にコトンと落ちる。どうやら、スマートフォンを胸の上に乗せたまま眠っていたらしい。

何かが頭の隅の方に引っかかった。自分は昨夜、眠りに落ちる直前に、「何か」

リビングのカーペットで寝てしまうほど疲れ切っている様子から、彼の生活の様子が窺える。

いわゆる「寝落ち」の状態だと、眠る直前に自分が何をしていたのか思い出せないことがある。

けれどそれが思い出せない。首を傾げつつ、立ち上がって大きく伸びをした。そうすると、少しだけ体がほぐれていくような気がする。

どんなに疲れていても、今日もまた会社に行かなければならない。最近ずっとこんな調子で、仕事以外のことが疎かになりがちである。いつになれば落ち着くのだろうか……。

そう考えていると、カーペットの上に置きっぱなしのスマートフォンが通知音を鳴らした。おや、と思って視線を落とすと、恋人の翔子からだった。

こんな朝っぱらからなんだろう。不思議に思いながらもスマートフォンを手に取った。

そこに表示されていたのは、ごく短く冷たい言葉。別れを切り出すその内容に、一瞬にして頭の中が凍りついた。

それと同時に思い出した。昨日が彼女の誕生日であったこと、しかし仕事に追われてメッセージのひとつも送れなかったこと……帰宅してようやく連絡しようとして、そこで意識が途切れてしまったこと。

――ああ、これもただの悪夢ならいいのに。

現実の信じたくない出来事を、嫌な夢と関連付けて表現した心理描写。

病気・怪我をしている人

痛みや苦しみを描写する

次のテーマは、「病気」または「怪我」だ。あまり痛みや苦しみを書きたくない、という人もいるかもしれない。そういった人にとっては、できれば避けたい描写だろう。

しかし、痛みや苦しみを書くことはキャラクターに感情移入してもらううえで大切なことである。時には病気や怪我そのものがキャラクターの行動原理になっていることもあるため、その痛みや苦しみをしっかり伝えるのは大事なことなのだ。

ただし、やり過ぎには注意だ。例えば、少し指先を切った程度なのに、だらだらと流れるほど血が溢れてくるような描写は明らかに不自然である。

そのような「やり過ぎ」の描写はかえってわざとらしくなり、読者をしらけさせてしまうかもしれない。実際に病気や怪我をした時の程度の度合いを考え、描写に反映させてほしい。

それから、「怪我を負ったシーン」を書くのではなく、「怪我を負っているキャラクター」を書くのであれば、その描写に時間差を生じさせてはいけない。どういうことかというと、例えば重傷を負ったキャラクターがどうにか目的地を目指しているシーンを書くとする。その中で、脚に強い痛みを感じ、傷を負った箇所を止血する描写を入れるとしよう。

しかし、その怪我はたった今できたものではなく、もっと前に負っていたもののはずだ。今のタイミングで傷が痛み、止血をしているのであれば、その瞬間まで痛みを感じていなかったのかという疑問が生じる。そういった不自然さを感じさせないようにするべきだということだ。

また、視点となるキャラクターが病気を患っていたり、怪我をしていたりする描写にしてもいいのだが、そういった人物を「客観的に見てどうなのか」も書けるようになるといい。例えば、風邪を引いているキャラクターはどのような描写ができるだろう。熱があるため目が潤み、頬は赤くなっているかもしれない。咳やくしゃみをしている様子も書けるだろうし、もし歩いているのならふらふらとおぼつかない足取りになっているところも描けるだろう。

こうした「人の目から見た病人・怪我人」が表現できると、その人物と相対した時のキャラクターの心情なども描けてくるようになる。

ヒント

・キャラクターたちの行動をリアルに見せるために、病気や怪我をしっかり書くのはやはり重要だ。痛みや苦しみに耐えながら困難を乗り越えようとする姿は、読者の共感と、またキャラクターへの応援につながる。

・ただ、むやみやたらに傷や病の描写を細かくしてグロテスクにすればいいというものでもない。そういった表現が苦手な読者も少なくないし、引かれてしまう可能性もある。

・痛みを、リアルに書こうとするあまり、つい自分が実際に傷を受けた時のことをイメージし、それをキャラクターに当てはめてしまうかもしれない。それ自体は悪いことではないのだが、現代を生きる我々と、戦いに慣れた傭兵では、痛みに対する慣れや我慢強さが異なってくるだろう。どのような場合でも同じように描くのではなく、「このキャラクターならどうか」ということをしっかり考えるのが大事なのだ。

推敲時のポイント

・「傷を負った」「風邪を引いた」という事実だけを述べるのではなく、それによって生じる痛みや苦しみをしっかりと描けているか。

・痛みや苦しみが人の心に変化をもたらすこともある。わかりやすいのは、「風邪の時は人恋しくなる」というようなものだ。また強い痛みや苦しみによって初めて「死」を身近に感じる、ということもあるだろう。戦場に身を置くキャラクターなどは、そういう経験を通して考え方に変化が生じるかもしれない。

・何にせよ、明確な目的があるケースを除き、傷や病そのものをあまり生々しくは書きすぎない方がいい。

サンプル『病気・怪我をしている人』

戦況はどうなっているんだ。全くわからない。

今、ザックの頭の中にあるのは、ただ指定されていた合流地点に向かわなければということだけだった。それ以外のことには、できるだけ意識を向けないようにしている。

意識してしまうと、痛みで頭が回らなくなりそうだからだ。右の脇腹に受けた銃弾は、見事な風穴を空けてくれたようである。

心臓が傷口に移動したかのようだ。どくんどくんと脈打つように痛む。ジャケットの袖を破り、傷口に押し当てるようにしているが、足を進めるごとに際限なく血が溢れてくるように感じられた。

最初はその血を熱く感じていたものの、今はもうただひたすらに寒くて、体が震えて仕方がない。目の前が先ほどから何度も霞む。体を支えるために壁についた腕からも、力が抜けそうになる。

それでも、足を進めることは止めなかった。合流地点に到着すれば、何らかの情報が手に入るはずだ。

どんな怪我を負っているのか、という具体的な描写。

怪我によって感じる痛み、体の状態の描写。

瀕死の重傷を負いながらも、何故意識を保ち続けていられるのか、その原動力となる動機。

政治家と結びついてこの国を牛耳り、内部から腐敗していった軍部を、一気に崩すための今回の作戦。ザックの所属するレジスタンスのリーダーは、もう上層部まで辿り着いただろうか。

国を変えるため——その信念のもとに、ここまでやってきたのだ。力尽きるのは、戦果を耳にしてからだ。自分たちのやったことに意味があったのだと、そのことを確信するまでは死ねなかった。

……そう思うのに。

気力だけで動かしてきた脚にも、ついに力が入らなくなり、その場に膝をつく。うずくまるようにして浅い呼吸を繰り返していると、不意に遠くから誰かに名前を呼ばれた。

「ザック！　ザック！」

徐々に近付いてくるその声は、確かに仲間のものだった。もはや顔を上げることもできなかったが、温かい手のひらが肩に触れるのを感じた。

「ザック、喜べ！　作戦は成功した！」

成功——ザックは口元に微かに笑みを浮かべた。心の底から望んだ、その言葉。

急速に、意識が遠のいていく。それでも、ひどく満ち足りた気分だった。

安堵した途端に意識を失う。それほど体は限界だったことがわかる。

街中の描写

キャラクターを通して街を書く

二章で解説した情景描写の解説の応用という形で、「街中の描写」を行ってみよう。これを省略したがる小説家志望者は非常に多いと言われていて、逆にプロ作家――特にファンタジー作品をよく書かれる方はしっかりと描写される。

それは、街中をしっかりと描写することによって「この世界がどのような場所であるのか」を伝えるためである。そこに住んでいる人びと、生活感、建物の様子、そして特殊設定があるなら街中の描写でそれを見せることもできる。

街中の様子を書く時には、それがただの街の案内や道案内にならないように注意しよう。例えば「この区画にはこういうものがある」「この道をまっすぐ行って角を曲がれば裏門にたどり着く」といったような、ガイドブックやナビのような説明にならないようにしたい。

街中を描写する時のポイントとしては、キャラクターの目から見て、あるいはキャラクターのいる場所を中心として何が見えるのかということだ。そしてキャラクターが移動したり、街の人と会話したりすることによって、街のことを徐々に知っていく流れにするといいだろう。

キャラクターがいない区画や道の説明をいきなり始められても、頭に入りにくい。情報を読者に伝えていくには、キャラクターを通して知ってもらうことが一番だ。

また現代を舞台にする場合であれば、「それは街中で見かけて自然なものかどうか」という点にも注意しよう。

例えば、店が立ち並び車も行き交うそれなりに栄えている街中で、いきなり焚き火をしているキャラクターが出てきたとしたらどうだろう。明らかに不自然に思えるのではないだろうか。

このような、街中の状態とそぐわないようなものを登場させないように気を付けた方がいい。

☑ ヒント

・特別な舞台（ファンタジー世界や、現代であっても海外など）を書く時には雰囲気を出すための丁寧な描写が必須となる。主人公たちのことだけを描いているのでは、「で、結局ここはどういう場所なんだ」と読者が戸惑うばかりだからだ。

・異世界を舞台にする時は、その世界の技術レベルも印象を左右する要素のひとつである。電車は走っているのか、それとも車、あるいは馬車なのか、人びとは電話を使っているのか、そもそも電気は通っているのか……。街中の描写を通じて、そういった技術レベルも描写したい。

・物語の中で、何の前触れもなく唐突に街中の描写を始めるのは不自然である。自然な流れで情景描写へと移り変わるようにしよう。例えばその街に初めて訪れたというような設定なら、知らない場所をあちこち見回したり興味を持って観察したりするだろうから、不自然に街中の描写が入ってきた、という印象にはならない。

・ファンタジーやSFだけでなく、現代日本のどこかを描写するような場合でも、季節や舞台の雰囲気などを演出するために、街中の様子をしっかりと書くのは重要である。

☑ 推敲時のポイント

・メインキャラクターたちの様子を描きつつ、自然に情景の描写をしたい。ただ街中のガイドをするように延々と情報を書き連ねるよりも、キャラクターを動かして物語を進める中で情景が見えてくるような描写の方がいいだろう。

・建物や道路だけでなく「人」もしっかりと描けているだろうか。服装や雰囲気など、人間も街の情景を作り上げている要素のひとつだ。

・目に見えるものだけでなく音や匂い、肌で感じ取ることもあるはずだ。そういった情報は描写できているだろうか。

サンプル『街中の描写』

「……ふぅ」

部屋を片付けていた私は、ひとつ息をついて大きく伸びをした。だいぶ長いこと動き回っていたし、少し休憩でもしよう。

空気を入れ換えるために開け放っていた窓からは、冬の余韻を残した冷たい空気が入ってくる。けれどずっと動いていたため、あまり寒いとは感じない。

「散歩でもしようかな」

誰に言うともなくそうつぶやくと、窓を閉めて階下に降り、履き慣れたスニーカーを選んで外に出た。

澄んだきれいな青空が広がっている。良い天気だ。道端のあちこちにはまだ雪が少し残っているが、もともとそんなに降らない地域だ。このままなら、あと数日もすれば溶けてなくなってしまうだろう。

特にあてもなく歩いていると、小さい頃からお世話になっている近所の人たちと時折すれ違った。こんにちは、と挨拶をすると笑顔で返してくれる。中には「少し見ない間にすっかりお姉さんになって」なんて言う人も。

季節感の描写。

そこに住む人びとの様子、主人公との関係性。

そんな急に成長しませんよ、と笑いながらも、もしかしたら心境の変化が少し顔に出てたりするんだろうか、なんて思ってしまう。数日後には高校の卒業式を控えており、生活環境も大きく変わるのだ。嫌でもしっかりしなきゃ、という気持ちになる。

特に印象的なスポットの描写なので、より強くイメージが伝わるように細かく表現する。

そんなことを考えながら歩いていると、河川敷沿いの広い道路に出た。川面に反射する陽の光に目を細めながら、のんびりと歩いていく。河川敷には、犬と遊んでいる人や、キャッチボールをしている小学生くらいの子どもの姿があった。休日の午後の、のどかな光景だ。

この道路は、河川敷とは反対側が桜並木になっている。今はまだ蕾（つぼみ）すらついていないが、もう少し暖かくなりこの桜並木が一斉に咲き誇ると、それはそれは綺麗な景色が見られるのだ。

幼い頃から春になると毎年見てきた、薄紅色に彩られた桜の木々を思い浮かべる。風が吹くと舞い散る桜吹雪が、まるで夢のように美しいのだ。あとひと月もすれば、今年もまたこの桜並木は鮮やかに彩られるのだろう。

——けれどきっと、その光景をこの目で直に見ることは叶わない。半月後には、私はもうこの街にいない。

旅という非日常

続いてのテーマは、「旅の様子」だ。街中の描写に続き、これも物語がどのような世界であるのか、現実とどう違うのか（あるいは同じなのか）をアピールするのに重要なシーンである。

といっても、例えば街中のようにそう頻繁に出てくるものではない。街中は普通に暮らしているだけでもその背景として登場するが、旅となるとはっきりした目的を持ってどこかに移動することになる。

旅の様子を書くにあたっての重要ポイントのひとつが、この「目的」だ。掌編という短い話の中でも、その目的をはっきりさせたい。

それによって、キャラクターがどういった気持ちで旅をしているのかがよく見えてくる。例えば探し人を見つけるために旅をしている、という目的なら、ただの観光目的でふらりと訪れるのとは心持ちが全く違ってくるはずである。

また、世界中のあちこちを旅しているようなキャラクターもいるだろう。そういったキャラクターは、旅の資金をどうやって稼いでいるのだろうか、何故そのような旅を始めたのだろうか、故郷はどこなのだろうか……などといった部分を掘り下げていくと、キャラクター性がよく見える。

また現実の世界にも「旅」は存在する。思いつきでぶらりと出かける小旅行もあれば、飛行機などの予約が必要な遠出で、何ヶ月も前から計画するような旅行もある。また、「旅」の括りでいえば、修学旅行や新婚旅行などもその中に入るだろう。行く先は国内であったり海外であったり、様々だ。

いずれにしても、普段生活している場所から遠ざかり、いつもの「日常」をしばし忘れることができるのが「旅」の醍醐味ともいえる。その「非日常」をどんな風に書くか、それを読むことで読者にも「非日常」

を味わわせることはできるだろうか。そういったポイントも気にしてみて欲しい。

ヒント

・「旅」でイメージしやすいのはファンタジー世界におけるもので、その「旅」を通じて主人公がどのような成長をしていくのかが描かれることがほとんどだ。しかし現実の「旅」にも同じことが言える。自分探しと称して一人旅に出かけるような人もいるだろう。彼らは「旅」に出る「前」と「後」でどのように変わったか、その心情の変化がポイントだ。

・バックパッカーや自転車での日本横断なども、立派な「旅」に含まれる。実際に経験があるならそれを活かすに越したことはないし、ないのであれば必要な道具や予算などを調べ、できるだけリアルな情報を知るべきである。

・ファンタジーの場合は、各種ファンタジー知識紹介本もいいが、小林裕也『うちのファンタジー世界の考察』シリーズ（新紀元社）をオススメする。イラスト中心なので、読みやすくてわかりやすい。

・現実の「旅」を書く場合は、旅のガイドブックなども参考になるが、できれば自分でも経験しておきたい。実際に自分で目にしたこと、感じたことを表現するのと、ガイドブックなどを参考にしただけのことを文章で表すのとでは、リアリティが大きく違ってくる。できるだけ海外も含めた様々なところへ出かけ、良い刺激を受けて創作に活かせるようにしよう。

推敲時のポイント

・旅はファンタジー作品にはつきもの。キャラクターだけでなく風景も書き、「その世界」をしっかり描写したい。

・現代の旅は移動手段がポイント。何を使って、どこへ旅をする？　実際にその移動手段を用いる際の費用や手続き、時間や使い心地などをすでに経験しているとしたら、それは表現に活かせているだろうか。

・旅は多くの場合「非日常」である。そこでのキャラクターの、普段とは異なる心情なども盛り込みたい。「誰と行くか」あるいは「ひとりで行くか」というところも大切だ。

サンプル『旅の様子』

乗り合いの馬車を降り、街の中に足を進めると、そこはまるで祭りでも催されているかのような賑やかさだった。通りの両脇には露店がひしめき合うように立ち並んでおり、ひっきりなしに呼び込みの声が響いている。

旅の手段。どうやってやってきたのか。

「うわぁ……すごい人」

これまでにもいくつかの街を訪れてきたが、こんなに賑やかな場所は初めてだ。

訪れた街の様子。そして、「いくつかの街を回ってきた」という表現から、彼女の旅がそう短いものではないことが窺える。

（これだけたくさんの人がいるなら、ほんとにこの街で姉さんが見つかるかもしれないわよね……！）

生き別れの姉に会うために旅に出たルマは、情報を辿ってこの街に行き着いた。顔も覚えていないほど幼い頃に養子に出された姉――両親が亡くなった今、ルマにとって肉親と呼べるのは彼女だけだ。ただ一目会いたい。それだけだった。

旅の目的。

「えっと、まずは宿屋を探さなくちゃ」

何日か滞在することになるだろうから、腰を落ち着ける場所を見つけなければならない。

すぐにこの街を去ることはなく、何日が滞在するつもりであるという彼女の行動予定。

できるだけ大きな通りからは離れたところの方が、静かで良さそうだ。かといってあまり離れすぎると、もしかしたら治安が良くないかもしれない。

悩んだ末に、ルマは現地の人に聞いてみるのが一番だと判断して、近くにあった露店の主人に尋ねてみることにした。

「すみません、あの……」

「おや？　今日は珍しい格好してるね」

ふくよかな中年の主人に宿のことを尋ねようとして、逆に質問されてしまった。

ルマは自分の格好を見下ろす。砂よけの薄手のマントに、動きやすいカーゴパンツとショートブーツ。珍しいとは言うものの、同じような格好をした旅人は他にもいる。

旅の際にどのような格好をしているか。

いや、ちょっと待て。この主人は今、「今日は」と言わなかったか。

（まさか……）

はっとしてルマが顔を上げたその時、露店の主人に話しかける別の声があった。

「こんにちは。今日は茶葉を買いに……」

言いかけてこちらを向いたその声の主と、ばっちり目が合う。

その女性は、ルマとそっくりの顔をしていた。

職場

数多の「職場」がある

さて、次のテーマは「職場」である。オフィスや工場など、人が日常的に働いている場所のことだ。職場というリアルな世界（舞台）を構築し、読者に見せることを考えるなら、「そこで人が生きている」——つまり働いている姿を書くのは、悪くない選択肢のひとつである。

とはいえ、このテーマを非常に難しいと感じた人もいるだろう。特に「職場」を経験したことのない学生の中には、何を書いたらいいのかさっぱりわからないという人もいるはずだ。

しかし、「経験したことがないから書けない」では何も書けなくなってしまう。情報を調べ、想像力を広げ、そこに物語を展開することが求められるのだ。

またオフィスや工場を思い浮かべると難しいイメージが浮かぶかもしれないが、世の中にはもっと様々な職場が存在している。いつも使う電車やコンビニエンスストアも、働く人がいるからこそ利用することができるのだし、その他にも電話オペレーターや旅館の仲居、銀行員など、働いている人がいる場所は全て「職場」と呼べるのだ。

ファンタジー世界を舞台にする場合も同じである。城も宿屋も武器屋も、いずれも「職場」と成り得る。どんな世界であっても、働く人がいて世の中が回り、経済が回り、誰しもがその流れの中で日々を営んでいるのだ。

今回はファンタジーやSFなどにおける「職場」もOKにする。ただし、だからといって好き勝手に書いていいというわけではない。

接客業などは、現実世界のものをファンタジーに落とし込んだり、ゲームなどで培った知識を活用したりすることで、ある程度書けるかもしれない。だが、自分で架空の組織や団体などを作り上げたいなら、そこに説得力を持たせることが必要だ。創始者は誰なのか、彼らはどうしてそこに集まったのか、報酬はどうなっているのか……冷静な思考で設定しよう。

ヒント

・学生が日中を過ごす学校と、社会人が働く場所では多くのものが違うはず。何が違うのだろうか？　逆に、何が同じなのだろう？　ここは社会人として会社に勤めた経験や、アルバイトとして働いた経験が活きるところだ。

・ただし、「自分の知っている職場だけが全てではない」ことは忘れずに。世の中には無数の仕事が存在している。当たり前のことだが、それらが全て自分の経験してきた職場と同じであるはずはない。

・自分が経験してきた職場をそのまま描いただけでは物語に適応させることができず、都合上うまく嘘を入れ込まなければいけないことがあるかもしれない。どうすれば説得力が出るだろうか？

・「職場」と聞くとオフィスや工場などのイメージが浮かぶかもしれないが、働く場所という意味ではもっと広がりがある。「役所」はオフィスに近いがもう少し独特の雰囲気があるし、「工事現場」や「商店（コンビニエンスストアなども含む）」、「厨房」といったものから、「田畑」という場合もある。それぞれに働く場所があり、そこから生まれるドラマがあるはず。異なる職場を書き分けるためにはどうしたらいいか？　そして、そこにはどんなドラマがあるだろうか？

推敲時のポイント

・テーマは「職場」である。人びとはそこでどのように働いているだろうか？　職場そのものの情報だけでなく、人びとを書くことはできているだろうか？

・組織、あるいは会社によって雰囲気があるはず。それはどのような形で表現されているだろうか？

・専門的な設備をどこまで書き込むかがポイントになってくる。あまり専門的なことばかりだと読者がついていけなくなるが、普通に生活しているだけでは関わることのない設備などが描かれていると、読者の興味をひく材料になる。そのバランスは考えられているだろうか。

サンプル『職場』

「田中、105号室の清掃行ってきてくれ」

「はーい」

二人組の客が会計を済ませて帰っていくのを見送った後、先輩の指示に従って指定された部屋の清掃に向かう。部屋のドアを開けると、テーブルの上には空になった皿とグラス、そして二本のマイクとタッチパネル式のリモコンが鎮座していた。

ここは駅近くにあるカラオケ店。私は基本的に夜勤で、深夜から明け方にかけて働いている。

そこまで忙しい時間帯ではないものの、夜中なので飲み会の二次会でやってくるような人たちも多く、そういった客は散らかし放題にしたまま帰っていくことも珍しくない。今出ていった二人組のように、部屋をきれいに使ってくれる客は非常にありがたい。ほとんど部屋を汚すことのない一人カラオケの客なんて、もう神様のようだ。

(なんだかんだで向いてるかもなー、この仕事。休憩時間は好きなだけ歌っていていいし)

働いている側から見た客への思い。

このバイトを始めてまだそんなに経ってないのだが、先輩たちが優しく指導してくれるおかげで、だいぶ慣れてきた気がする。

カラオケが好きだからという単純な理由で始めたのだが、夜型の体質にも合っているし、時給も美味しい。

空になった食器類を盆に乗せ、机を拭く。ソファやメニュー表、タッチパネルも拭いてから、マイクを消毒してナイロンの袋を被せ、定位置に戻す。床の掃き掃除と拭き掃除も終えてから、食器類を乗せた盆と掃除道具を持って部屋を出た。

具体的な労働の様子。

「105号室の清掃、終わりましたー」

「ご苦労さん。じゃあ、店閉めるかー」

どうやら、先程の二人組が最後の客だったらしい。他の部屋はもう清掃を済ませ、いつでも店じまいできる状態にしてあったので、今日はさっさと上がることができそうだ。

「田中、外ののぼり片付けてきてくれ」

指示された通りに、のぼり旗を回収するため入り口から外に出る。まだ冷え込んでいる明け方の空気の中を、まばらな人影が通り過ぎていく。

職場の環境から昼夜逆転の生活を送る人もいる。

目覚め始めた世界とは逆に、私たちは今から眠りに就くのだ。

位置情報も重要

続いてのテーマは「多人数の会話」。１０４ページで解説したが、実際に書いて欲しいと思い、ここでも取り上げる。解説では誰のセリフかをはっきりさせるコツを紹介した。発言者の描写を入れた後にセリフを入れるというものだ。

ただ、大変なのは発言者を明確にすることだけではない。キャラクターがどこにいるか（どういう位置関係になっているか）もわかるようにしなければ、読者はそのシーンをイメージしにくいのだ。

高校生四人がファストフード店のテーブル席でおしゃべりをしていたとしよう。Aを軸にした時、隣には誰が座っているのか。向かいは？　斜め向かいは？となるわけだ。

「ストーリー的に重要ではないし、わからなくてもいいじゃん」と感じるかもしれない。しかし、それは書いている本人はわかっているからそう思うのだ。読み手は書かれていなければ自分でイメージするしかないが、もしも後から違うことがわかったら混乱するし、ストレスにも繋がる。こんなことでストレスを感じさせてしまうのはなんとももったいない。少し説明を入れればいいのだから、横着せずに書いておきたい。大体の位置だけでもいい。

四人の位置くらいならそう難しくはないだろう。会話の流れの中で位置を描写すればいい。では、教室などの数十人がいるシーンはどうだろうか？　クラスで話し合いなどを行っている際、どのように生徒たちの位置を説明すればいいだろうか？

そして、ただキャラクターたちを喋らせればいいというものではない。キャラクターたちにはそれぞれ性格がある。ただ話しているだけなら動作はそうそう書けないので、その個性を会話と仕草の描写だけで表現しなければならないのだ。

ヒント

・まずはキャラクターの書き分けについて。「○○は言った」が単調になるなら、他の描写にすればいい。キャラクターの個性も出さないといけないので、彼・彼女たちの仕草を描写しよう。

・会話している際、私たちは全く動かないわけではない。頷いたり、首を傾げたり、頬杖をついたり、手を振ったり。会話の内容に合わせて体も動く。時には怒ってテーブルを叩くこともあるだろう。キャラクターの感情や考え、反応に沿った動きを描写したい。

・他にも声の調子や表情、目線などでもキャラクターの様子を描写することができる。いまいち想像ができない場合は誰かと会話をする時によく観察してみたり、ドラマなどの会話シーンをじっくり見てみよう。どんな時にどんな仕草があるか書き出してみてもいい。

・書き分けに関してはもっと手軽な方法もある。口調を変えるのだ。一人称をバラつかせるのもありだが、方言や変わった語尾を喋らせてもいいだろう。それがキャラクター性にも繋がる。

・キャラクターの位置関係について。四人程度ならシーンの始めの方で提示しておこう。会話の流れの中で一人ずつ説明していくのが自然だ。

もっと大人数になる場合、発言者の場所は必ず提示したい。教室なら前後、窓際・廊下側のどの辺りかを描写しよう。ストーリー的に重要でないなら大体の場所がわかればよい。発言しないキャラクターは必要に応じて書こう。

人数に関係なく、カメラはなるべく固定にすること。Aから見てBはどこにいるか、Cは……としていきたい。そうでないと読者が混乱してしまうからだ。

推敲時のポイント

・発言者ははっきりしているだろうか？

・誰かどこにいるのか、位置関係はきちんと説明できているだろうか？

・発言者や位置関係ばかりに気をとられて、不自然な会話になっていないだろうか？

・口調で方言を使う際は間違っていないか確認を。

サンプル『多人数の会話』

どんな場所にいるかの提示。

七草高校生徒会室。教室の半分ほどの広さがある一室に生徒会役員六人が一堂に会していた。

「それでは、定期会議を始めます」

ホワイトボードを背にして座る生徒会長の凛とした一声に、書記の美奈は背筋を伸ばす。ペンを握る手に力が入った。一年生の彼女は会議初参加なのだ。

長机の右側に生徒会長、左側に副会長が座る。美奈はその二人を左斜めに見ていた。生徒会長たちの長机とは垂直に二本の長机が並べられ、四人の役員はそこに座っている。美奈は副会長側の後ろの席だ。

位置関係の説明。一度に全員の説明はしない。

その副会長が最初の議題を発表した。

「まずは再来月の文化祭についてだ。閉会の儀で行うイベント案の募集は一昨日で締め切った。まとめたので見てほしい」

副会長は持っていたプリントを役員に配布した。美奈は一旦ペンを置き、プリントを眺める。そして、「え」と声が漏れそうになった。

「なによこれ、無理に決まってるじゃない！」

方言や口調を変えてキャラクターを書き分ける。

そう叫んで勢いよく立ち上がったのは美奈の隣に座る会計の吉川だった。

「みんな好きに書いとるなぁ。なになに、校舎を電飾で飾ってライトアップ、高級ステーキ大食い選手権、仮面舞踏会……こりゃ予算がいくらあっても足らんわ」

プリントを机に無造作に投げ、天井を仰いだのは美奈の向かいの庶務、秋津だ。

「えー、でも楽しそうじゃないですかぁ？　校長先生の胴上げは予算いらないけど、そんなのつまんないもん」

長い髪を指でいじりながらのんびりした口調で発言したのは、秋津の隣の広報、片岡だった。

「片岡さん、適当なこと言わないでよ。できないわよ、こんなふざけたイベント！」

「生徒たちがやりたいと思って提出してくれた案を『ふざけた』って言うのは酷くないですかぁ？　秋津先輩、吉川先輩がこわーい。睨んでくるぅ」

「こらこら片岡ちゃん、オレに抱きついても助けてやれへんで？　でも役得」

口調を変え、相手の名前を呼ぶことで地の文での補足がなくても誰の発言かわかるようになっている。

吉川と片岡の口論に、美奈はただおろおろするしかなかった。巻き込まれている秋津もヘラヘラ笑うばかりで止める気はないようだ。

「そこまで」

定期会議という名にふさわしくない喧騒を止めたのは、生徒会長の一声だった。

残り三人の位置の説明。基本は美奈の視点から説明するが、片岡は「美奈の斜め向かい」より「秋津の隣」の方がわかりやすい。

王宮ｏｒ神殿ｏｒ豪邸

なかなか足を踏み入れない場所

続いても場所がテーマだが、前述した「職場」のイメージとは大きく異なる「王宮ｏｒ神殿ｏｒ豪邸」である。「職場」以上に触れる機会のない場所なので、さらに縁遠さ、書きにくさという点で難易度が上がったのではないだろうか。

ライトノベルやゲームなどの世界では頻繁に登場するものの、実際に使われている王宮や神殿に行ったことのある人はそう多くないだろう。豪邸になるともう少し人数が増えるかもしれないが、それでも身近にそうそうあるものではない。

王宮や神殿、豪邸といった場所を描写するにあたって、求められるのは「荘厳さ」や「豪華さ」である。その雰囲気を文字だけで表現するには、どのような点に気を付けて書けばいいだろうか。

いかにその場所が富と権威に満ちているのか、その凄さを表現するには、視点となるキャラクターがごく一般的な家庭で生まれ育った、普通の価値観の持ち主である方が描きやすいだろう。そして、この日本に暮らしている人間のほとんどは、ごくごく一般的な家庭で育ってきているはずだ。同じような価値観を持つキャラクターの視点を通して見ることによって、その驚きがすんなりと読者の中に入ってくることになる。

これがもし、幼い頃から豪邸で生まれ育ってきたお嬢様を視点にするとなれば、豪華さや贅沢さなどは表現できるかもしれないが、それに対する驚きは難しい。その豪邸が日常の一部となっており、当たり前のものとして受け入れているからだ。

また王宮や神殿、豪邸で働き始めたばかりの使用人を視点にする、というのも良い手段だろう。元々は一般的な生活を送っていたという設定であれば、先に述べたような価値観の件は解決される。さらに、使用人ということで内部を広く動き回れるので、詳細な様子を書くことができるのだ。

そして使用人として書くのであれば、その雇い主となる主人がいるはずである。その主従関係や、使用人から見た主人の人となりも、「荘厳さ」の表現に関わってくるだろう。

ヒント

・ファンタジックな、あるいは歴史物の雰囲気を出すためには、現実に読者がなかなか行けないようなところをしっかり書き込むのが重要になる。「街中の様子」や「旅」などもそうだが、王宮や神殿を書く際にも下調べが重要となってくる。「近世ヨーロッパの城を参考に……」といったように、モデルにしたいイメージが頭の中にあるのなら、資料をあたってみるといい。その種のものは写真資料も残っていることが多いので、図書館などで調べるといいだろう。
・王宮なり神殿なりに共通する特徴は「権威」だ。これを演出するためには何が必要なのか、その住人たちはどこに気を遣っているのかを考えて欲しい。
・例えば現実の宮廷でも「豪勢な食事をあえて残す」ことで財と権威を演出したといわれている。「ＳＦ的世界の、古代からの伝統を誇りにする帝国」は、権威表現のためにあえて人間の使用人を多く雇うことで、「伝統を守ること」の演出と、それだけの無駄ができることからくる力のアピールをするかもしれない。
・現代ものでも、威圧的な金持ち、あるいは身分違いのキャラクターとの関係を演出するのに、「凄い家」の描写は欠かせない。

推敲時のポイント

・なんといっても雰囲気を出すことが重要。どんな書き方をすればいいのか、何を配置すればいいのだろうか？
・オフィスや工場のような「職場」とは、そこにいる人たちも違う。どのような人たちがいるか、描写できているだろうか？
・普段踏み入れない場所に足を踏み入れるということで、キャラクターたちの振る舞いも変わってくるはずだ。また「ものすごい富と権威」を目の前にした時の反応も、キャラクターの性格ごとに異なるはず。

サンプル『王宮or神殿or豪邸』

使用人である千代の日課は、この果てしなく広い屋敷を隅から隅まで磨き上げることだ。

流石にひとりでは手が回らないため、数人で分担しているけれども、それでもかなり骨が折れる。掃除だけでなく、他にも仕事はたくさんあるのだし……。

数人で分担しても骨が折れる、という表現で屋敷がいかに広いかということを表している。

（なんて、屋敷で働けるだけでもありがたいんだから、嘆いてちゃ駄目だよね）

自分に気合いを入れ直して、千代は手にしたハタキを握りしめた。壁際に沿って並べられている台の上には、彫刻や壺といった装飾品が置かれており、壁にはいくつもの絵画が飾られている。これらもひとつひとつ、丁寧に掃除していかなければならない。

多数の装飾品が飾られている描写で、屋敷内部の豪華さを表現。

もし壊したり割ったりしたら、きっと想像もつかないほどの額を弁償しなければ――

バターン！

「ぎゃーっ！」

突然その場に響き渡った大きな音に声を上げ、思わず壺を拭いていた手元が狂屋敷の所有者の娘の描写。高い身分の人間であることがわかるような表現。

う。ぐらりと揺れた壺に血の気が引き……しかしすんでのところでそれを押さえることができた。

「な、何!?」

振り返ると、千代の背後にある大きな窓を開け放った何者かが、中に侵入してきたところだった。白い布を頭からすっぽり被り顔を隠したまま、その「何者か」は赤い絨毯（じゅうたん）の上にふわりと降り立つ。

不審者、と思わず声を上げそうになったところで、その「何者か」が白い布を取り去り、姿を露わにする。**手入れの行き届いた美しい黒髪がこぼれ落ち、太陽の光を知らないような透き通った肌と、濁りなく輝くうす茶の瞳が現れる。**

「お……お嬢様……？」

その人は間違いなく、この屋敷に住まう富豪一族の一人――家長の一人娘・静子であった。

「あら、あなた……確か千代ね？」

まさか自分の名前を覚えられていたとは思わずに驚いた千代だが、彼女は朗らかな笑みを浮かべながら、それよりもさらに驚くべきことを口にするのだった。

「今からちょっと家出しようと思うのだけれど……付き合ってくれない？」

☑ 変化する感情を描く

次のテーマは「恋愛」だ。恋愛はあらゆる物語において、ほとんど必ずといっていいほど登場する要素である。主人公が直接恋愛するような作品でなくても、近しい登場人物や主要なキャラクターの誰かに恋愛要素が絡んでくることもある。

しかし恋愛を書くのは難しい。自身の恋愛経験を活かすにしても、誰もがそんな劇的な恋愛をしているとは限らないのだ。

また感情の書き方も簡単ではない。恋愛は何も楽しいばかりではなく、辛く悲しい思いをすることもある。想いを伝えるにしても、人間関係のしがらみがあったり、自分に自信がなかったりして、なかなか告げられないこともある。好きになって告白して見事恋人になりました……というハッピーエンド一直線な話にはならないことの方が多いのだ。

もし、そのような何の障害もない恋愛を見せられたところで、読者としても楽しめない。告白するにしても恋人になるにしても、何らかの乗り越える壁がなければ、読者はそのキャラクターを心から応援する気にはなれないだろう。

また長編における恋愛の描写は、最初から最後までずっと相手への感情が一定でもつまらない。熱を上げたり、逆に何らかのきっかけで心が離れてしまいそうになったり、そういった感情の波を書いて欲しい。

男性向け女性向け問わずよく見られる恋愛の描写としては、初対面ではあまり相手に良い感情を持っていなかったが、次第に相手の良いところに気が付き始め、恋に落ちる……というものだ。

最初の時点で相手への印象が悪ければ後は好感度が上昇していくだけなので、感情の変化が書きやすい。恋愛描写が苦手だという人も、一度その書き方に挑戦してみるといいだろう。

ヒント

・若者がメインターゲットのジャンルにおいて恋愛描写は重要。多感な時期にある彼らが共感し、ドキドキするような恋愛を書きたい。

・恋愛がメインになるような作品ではなくても、できるだけ恋愛要素は物語に取り入れるようにしたい。恋愛要素が入ることによって、人間関係の幅も広がる。

・男女がコンビになって逆境や難問に取り組むような物語において、多くの読者は恋愛を期待する。それを外せばがっかりされてしまうのは言うまでもない。明確に「恋人になった」という描写がなくても、今後の二人の仲に希望を抱かせるような展開や雰囲気があればいい。

・「恋に落ちる理由」をしっかりと書き込まなければ、読者は「どうして好きになったのかわからない」と感情移入しづらくなってしまう。特に女性をメインターゲットとした作品においては、その辺りの丁寧な描写が求められる。

・一目惚れの展開も有りといえば有りだが、やはりそこにも何らかの理由をつけてほしい。単に「顔が好みだった」というだけでなく、「大切な人に似ていた」や「その人の才能に惚れ込んだ」といったような理由付けがあれば、その後のストーリーが広がっていくだろう。また、外見で惚れたものの性格が理想と違って失望→関わり合ううちに徐々に内面にも惹かれていく、という流れも鉄板だ。

推敲時のポイント

・恋愛描写において何よりも大切なのは感情の描写である。相手への恋心や、時に抱く嫉妬心といったような気持ちの表現はできているか。

・読者が共感し、そして応援できるかどうかが肝である。単にキャラクター同士の恋愛を見せるだけでなく、第三者である読者が、心の底からその二人の幸せを願いたいと思わせるような書き方ができれば最高だ。

・ただ、書いている側があまりにもキャラクターの気持ちに入り込みすぎてしまうと、読者の存在を忘れて独りよがりな文章になりかねないので、そういった文章になっていないか注意してほしい。

サンプル『恋愛』

三日後に控えた文化祭を前に起きた、小さなハプニング。劇で使う小道具が、ちょっとした不注意によりいくつか壊れてしまったのだ。

とはいえ、もともと紙粘土に絵の具を混ぜて形を作っただけの簡単なものだったので、同じように作れば文化祭当日までには充分間に合う。そう思い、小道具係のリーダーである梨世は、壊れた小道具の作り直しを一人で引き受けることにしたのだった。

そう、一人で引き受けたはずだったのだが……。

「別に、付き合ってくれなくてもよかったのに」

「いいからいいから。二人の方が早く終わるだろ」

梨世の前の席に座り、向かい合うようにして作業をしているのは、同じクラスの藤井凌だった。何故か小道具係ではない彼が手伝うと声をかけてきたので、こうして一緒に作業をしている。

「……藤井くんだって、大変でしょ。劇に出る側なんだし」

そう、彼は裏方の梨世とは違い、舞台に立って演じるのだ。台本や立ち位置を覚

放課後の教室で二人きりで作業をしているという、何かが起こりそうなシチュエーション。

えたり、衣装の採寸をしたり、梨世よりもよほどやることが多いだろう。

「大丈夫だよ、台本はもう全部覚えたし」

「でも……」

「んー、なんていうか」

梨世がなおも遠慮しようとすると、凌は手元の紙粘土をこねながら、小さく笑って目をそらした。

「平岡さん、そうやってすぐに人に気を遣うから。なんか、ほっとけなくて」

窓の外に視線をやりながら、片手でせわしなく紙粘土を弄ぶ彼の横顔は、ほんのりと上気しているようにも見えて。途端に気まずくなり、慌てて梨世は俯いた。

自分の鼓動が速くなるのを感じる。思わず手に力が入り、せっかく完成しかけている手元の紙粘土が潰れそうになる。舞い上がるなと自分に言い聞かせながらも、嬉しい気持ちはごまかせない。

梨世は、凌にはバレないように小さく深呼吸した。この作業が終わったら、勇気を出してみてもいいだろうか。言ってみてもいいだろうか。

手伝ってくれたお礼に、何か奢らせてほしい、って。二人でどこかに寄り道でもしないか、って。


感情をほのかに匂わせるような少年側のセリフと仕草、表情の描写。

少年の言葉や表情を受けての主人公側の心理描写。

二人の進展を予感させるような終わり方。

喧嘩

山場になるシーン

続いてのテーマは「喧嘩」。ささいな口喧嘩から、物語で盛り上がる重要なシーンにもなる。読者をドキドキさせたいのなら白けさせないように書きたい。

喧嘩はそのシーンだけでは成立しない。なぜなら、理由のない喧嘩などないからだ。どうして喧嘩が起きてしまったのか、前日譚から考える必要がある。

前日譚と大仰には言ったものの、事の重大さはピンキリだ。道端で肩がぶつかったことで起こる喧嘩、ヤンキー同士の殴り合い、おやつの取り合い、一人の男性を巡ってのキャットファイト、意見の対立が言い合いに発展、など、色々なきっかけが考えられるだろう。

次に考えたいのは、視点となるキャラクターの喧嘩へのスタンスだ。喧嘩をする際は大きく三パターンに分かれる。

❶自分の強さを見せつける喧嘩

❷なにかを得るための喧嘩

❸自分の主義主張を押し通したい・相手に伝えたい喧嘩

先述した「道端で肩がぶつかって喧嘩」「ヤンキー同士の殴り合い」は強さを見せつける喧嘩になるだろう。「おやつの取り合い」「一人の男性を巡ってのキャットファイト」は何かを得るための喧嘩だ。「意見の対立が言い合いに発展」は主義主張を押し通すための喧嘩となる。「リーダーの座を賭けて殴り合い」といった、複数が合わさったパターンもある。

これらのパターンによってキャラクターがどんなことを思いながら喧嘩をしているのか、を描写したい。ウキウキで喧嘩している時もあれば、必死だったり悲しんでいるかもしれない。この描写がしっかりされないと、読者は「どうして喧嘩なんかしているんだろう」と白けてしまう。

読者に「このキャラクター強いな！」「勝ってほしい」「喧嘩する気持ちがわかる」など、キャラクターに寄り添ってもらえるようなシーンにしたい。

逆に喧嘩を売られるパターンもあるだろう。嬉々として買うのか、面倒そうに相手をするのか、喧嘩などごめんと言わんばかりに逃亡するのか。ここでも「やっちまえ！」「無益な争いはよくないよな」など、読者に受け入れられる反応をさせよう。

ヒント

・原因・内容とキャラクターの性格によってどの程度の喧嘩になるかが変わる。「肩がぶつかっての喧嘩」なら殴り合いが必須だろう。口喧嘩だけでは興醒めだし、盛り上がりにも欠ける。しかし、片方だけがやる気の場合は相手が逃げるパターンもあるかもしれないので、どんな喧嘩にしたいのかしっかり考えよう。

・いざ喧嘩を書くとなると、手が止まってしまう人もいるかもしれない。日常生活において、口喧嘩くらいはしても殴り合いまですることはそうそうないからだ。ここは想像力をフルに発揮し、どんな言葉を投げつけるか、はたまた悪辣な手段を取るかをシミュレーションしてみよう。

・その場には、喧嘩をしているキャラクター以外にも誰かいるかもしれない。喧嘩を止めようとするキャラクター、ただ見ていることしかできないキャラクター、野次馬などだ。その人物たちの様子も書くことで、その喧嘩が周りにどう見えているか、どれだけ重大な事件になっているかが表現できる。

推敲時のポイント

・喧嘩は感情が爆発したり興奮状態になったりする。その様子をきちんと書けているか。

・きっかけがしっかりとしており、喧嘩の内容がそれに伴っているだろうか。

・喧嘩の当事者だけではなく、周囲の様子も描写できているだろうか。

・喧嘩は大抵が目的ではなく過程に過ぎない。その後どうなるのか。仲直りするのか、完全に仲違いするのか、再戦するのか、その後のフォローも忘れずに。

サンプル『喧嘩』

「なんでそんなこと言うの？」

瑠衣の問いかけに、リビングのソファに深く腰掛ける弟の敦史は嘲笑した。

「なんでって、事実じゃん。姉ちゃんがK大に入る？　天地がひっくり返ったって無理だよ。俺より頭悪いのに。受験料がもったいないからやめなよ」


喧嘩のきっかけが察せられるセリフ。


馬鹿にしたような言い草にオープンキッチンに居た母は「敦史、もうやめなさい」と注意する。しかし敦史には一切響かなかったようで、瑠衣への攻撃を止めようとはしない。

「姉ちゃん、せめて時期を考えてから言いなよ。もう高二の夏だぜ？　K大に入りたい奴は、姉ちゃんより頭良くてももっと前から準備してるんだよ。そういうこともわからないから夢見ちゃえるのかな？」

敦史はクスクスと笑いながらテーブルに置いてあったテレビのリモコンを手に取る。そのリモコンを、瑠衣は思いきり腕を振って払いのけた。


瑠衣の我慢が限界に達した瞬間。暴力とまでは言わないが、口だけでは済ませられなかった感情の昂(たかぶ)りを表現。


「なにするんだよ」

敦史の手にも当たったようで、彼は手を振りながら瑠衣を睨みつける。

「夢見てなにが悪いのよ！　担任の先生は必死で頑張れば合格できるかもしれないって言ってくれた。いつものらりくらりしてて、努力の一つもしないあんたが偉そうに。適当に生きてる奴の言葉なんてなんの重みも感じないわ」

「はぁ？　姉ちゃんにそこまで言われる筋合いないんだけど」

敦史は苛立ったように立ち上がり、瑠衣の前に立つ。

「俺はな、現実を教えてやったの。受験料だけじゃなくて予備校代だって余計にかかるわけじゃん。姉ちゃんの無謀な夢にこの家の家計まで巻き込む気？　そういうことまでちゃんと考慮した？　俺はのらりくらりしてるんじゃなくて、できる範囲で無理なく生きることで誰にも迷惑かけないようにしてるんだよ。それのなにが悪いのか、俺が納得できるように説明してみろよ！」

この喧嘩は「自分の主義主張を押し通したい・相手に伝えたい喧嘩」に当たる。よって殴り合うようなことにはならず、口論での喧嘩となる。

瑠衣の体は強張った。眼前の敦史に睨まれ、言い返す言葉が見つからない。けれど、馬鹿にされたのは許せないし、敦史の誰にも迷惑をかけない生き方が正しいとも思えない。

「姉ちゃんのそういうところ、マジでイラつく」

敦史はリビングのドアを乱暴に閉めて出て行った。母が「なんですぐに喧嘩するのよ……」と泣きそうに呟いた。

スポーツ

スポーツを題材にする難しさ

続いてのテーマは「スポーツ」だ。マンガやアニメでは定番の題材だが、小説においてはスポーツをストーリーの幹とするのは少々ハードルが高い。

これは、スポーツシーンを盛り上げるために必要な動きの魅力や迫力、勢いなどを表現するのに、文章では少々力不足なところがあるからだ。絵や映像では表現しやすいのだが、文章のみとなるとスポーツ特有の緊迫感を出すのはなかなか難しい。

とはいえ、青春ものでは体育の授業や部活動など、スポーツや運動をするシーンはいくらでもあり得るし、『銀盤カレイドスコープ』（海原零／スーパーダッシュ文庫）に『2.43 清陰高校男子バレー部』（壁井ユカコ／集英社）と、スポーツそのものをメインテーマとした作品もしっかり存在する。スポーツシーンを書けるようになっておいて損はない。

一方、範囲をもう少し広げてみると、「プロスポーツの事情」や「部活動にすけて見える青春の光と影」「プロとアマチュアでの待遇の差」といったように、また違った視点からスポーツを描いていくことで、十分物語の主題にしていくことが可能だ。そのような作品は、スポーツそのものの作品とはどのような書き方の違いがあるのか、勉強するためにも読んでみるといいだろう。

スポーツを題材にするのであれば、当然ながらそのスポーツをよく研究する必要がある。付け焼き刃の知識では、そのスポーツをしている者が作品を読んだ時に違和感に気が付く可能性が非常に高い。部活に所属していたなど、実際に自身がそのスポーツをしていた経験があるのが一番良い。

実際にスポーツを経験していたという点で一番良いところはそのルールや技術などが身に染み付いていることだが、それ以外にもスポーツを通して築かれた人間関係や勝利の喜び、敗北の悔しさといったものを、身をもって知っているのは大きい。

　個人競技、団体競技にかかわらず、スポーツには勝ち負けが存在しているものが多い。スポーツに本気で取り組んだことのある人間なら、作中でキャラクターたちがその勝ち負けによって味わう感情を痛いほど理解することができるだろう。

　またチームメイトであったりライバルであったり、スポーツを通して関わるようになった相手との人間関係も魅力的に描いてほしい。スポーツものではそういった内面の描写も作品の大きな魅力になる。

ヒント

・動きや迫力をメインにできないなら、「戦術」や「トレーニング」、「スポーツをめぐる事情」など、小説だからこそ書けることをしっかりと入れ込んでいく手がある。
・近年ではマンガでもプロ野球をめぐる金銭事情をシビアに攻める『グラゼニ』（原作：森高夕次、漫画：アダチケイジ／講談社）や、プロサッカーチームの監督が主人公の『ＧＩＡＮＴ　ＫＩＬＬＩＮＧ』（原案：綱本将也、漫画：ツジトモ／講談社）など、試合やプレーだけではないスポーツものが人気になりつつある。
・もちろん、プレーの迫力や勢いを書かなくていいというわけではない。体言止めや改行などを工夫して、文章でも勢いを出す方法を研究しよう。

推敲時のポイント

・体の動きや位置関係が重要なのはバトルと同じである。
・そのスポーツについてのうんちくが適宜入れ込んであると面白い。うんちくが入ることによって、そのスポーツをよく知らない読者でも楽しめるようになっているとなお良いだろう。
・ファンタジックな要素がない分、地味になりがちであるという欠点を、迫力のある描写でカバーできているだろうか。あるいは、ほとんどファンタジックで非現実的なレベルの必殺技を登場させたり、キャラクターたちに明確な二つ名や異名を与えたりするのもよくある手だ。

サンプル『スポーツ』

主人公の運動神経や、スポーツに関する姿勢の説明。

自分で言うのも悲しいけれど、運動神経は良くない方だ。足は遅いし逆上がりはできないし……で、運動会の団体戦なんかでは、できるだけ足を引っ張らないように、目立たないように、と可能な限り地味なポジションを選んできた。

しかしそんなオレにも、何故かひとつだけ必ず目立つことになるスポーツがあった。それが……。

「うおおおおおおっ!!」

胴体すれすれを飛んでいったボールを、体をくの字に曲げるようにして避ける。ギリギリのところで躱(かわ)したその避け技に、外野からも歓声が上がった。

「いいぞ、工藤!」

「その調子で避け続けろ!」

などと、早々にボールに当たって外野に追い出されたチームメイトが声を張り上げる。対して、オレの方はすでに息も絶え絶えだ。

「いい、から……誰か早く、相手チームに当てて、内野に来てくれぇ……っ!」

半ば懇願するように、声を振り絞った。

主人公の動き、活躍の様子。

息を切らしている様子から、体力的にかなりキツい状態であることがわかる。

そう、オレが唯一目立つスポーツ——それはドッジボールである。

今も一人だけ内野で生き残り、四方八方から飛んでくるボールを死ぬ気で避けているところだ。いっそ当たったら楽になれる……と思わなくもないのだが、恐怖心からなのか何なのか、体が勝手にボールを避けるのだ。

「いるよなぁ、避けるのだけはめちゃくちゃうまいやつ」

相手チームの外野がそう囁いているのが耳に入った。その通り、オレは何故か避けるの「だけ」はうまいのだ。

つまり、飛んできたボールを受け止めることもできない。運良く手元に転がってきても、投げる球はへろへろになるので、無難に外野にパスするようにしている。

それでもチームメイトはなかなか相手チームに当てられず、うまくキャッチされてしまい、内野の最後の生き残りであるオレが全力で狙われる……と、先ほどからその繰り返しだ。

「うわあああああっ!!」

またしても、とんでもない速さでボールが飛んでくる。相手チームの集中砲火にさらされながら、オレは一刻も早く体育の授業の終わりを告げるチャイムが鳴ることだけを祈り続けていた。


避けること以外に関しては相変わらず苦手であることの強調。

☑ 現実世界にスパイスを加える存在

次のテーマは「不思議な存在との出会い」。キャラ文芸では現実世界にあやかしなどの不思議な存在を登場させる物語が主流のひとつになっている。他のジャンルでも不思議な存在を登場させることはいくらでもあるので、一度は押さえておきたい。

ファンタジー世界と同じく、書き手の自由な発想で設定を作れるのが不思議な存在の強みである。全くのゼロから作るのは難しい人はベースの動物などを決め、そこに設定を付け加えていくといいだろう。狛犬が動いてもいいいし、空を飛んでもいいいし、なんなら店の店主や弁護士をやっていてもいい。ギャップやインパクトがあるほど個性的なキャラクターになるだろう。ただ、あまりやりすぎるとベースが持つイメージからかけ離れ、「この動物でなくてもいいのでは?」となってしまうので、そこは注意したい。

不思議な存在の難しいところの一つは、外見描写である。なにせ元は存在しないので、読者は一からイメージを形成しなくてはならない。ベースがない場合は近しい存在を提示して、そこからすり合わせしていくように細かな描写をしていきたい。108ページの「架空のものを説明する」も参考にしてほしい。

ベースがあるなら描写はそう難しくないが、逆にベースのままではオリジナリティが出ない。せっかくのオリジナルキャラクターだし、外見も立派な設定のひとつなので、自分らしさが出るようにしよう。動物なら変わった毛色にするだけでも特徴になる。

シーンを書く際に気を付けたいのは、不思議な存在と出会ったキャラクターの反応である。今まで見たことがない、現実世界にいない存在が目の前に現れたのに反応が薄いと、読者が物語にのめりこめない。また、不思議な存在のインパクトも薄れてしまう。これでは登場シーンとして失敗に終わる。

どういった反応をするかはキャラクターの性格によるが、できる限りオーバーリアクションを心がけたい。王道なところでは、驚く、「幻想でも見たのかな」と自分の目を疑う、その場で固まってしまう、怖くて逃げてしまう、など。ここでそのキャラクターの個性を出すこともできる。

ここまで現実世界が舞台での話をしてきたが、「見た目は現実世界だが、不思議な存在は元々認知されている」設定もあり得る。そうなるとキャラクターの反応は普通のものになるが、読者にとっては初めてであることには変わりない。不思議な存在がいることで現実世界とはどう違うのかをしっかり提示する必要がある。

ヒント

・不思議な存在の外見は、まずは大枠から描写していこう。大きさ、全体の色、キャラクターが抱いた印象などだ。次に目につきやすい特徴（目つきや装飾品など）、そして細かな描写をしていきたい。比喩表現を積極的に用いよう。

・ノーリアクションが個性の主人公もいるだろう。そうなると大仰なリアクションは望めない。その際は人並みの反応をするキャラクターを一緒に登場させよう。不思議な存在に対して驚いた後に、ノーリアクションな主人公へのツッコミもできる。

・不思議な存在が舞台にどのような干渉をするのかも押さえておきたい。幽霊や神様といった存在なら物を触れるのか？　物や気象を操作できたりするのか？　能力で個性を出したい。

推敲時のポイント

・不思議な存在の外見を、読者がイメージしやすいように描写できているだろうか。

・作品世界において不思議な存在が「あり得ない」ものとして描写できているか。

・不思議な存在が認知されている世界なら、現実世界とのギャップを出しつつ作品世界に溶け込ませているか。

・不思議な存在と出会った時のキャラクターの反応はきちんと書けているか。

サンプル『不思議な存在との出会い』

サービス残業の帰り道。あかりは疲れ切った足取りで住宅街の細い路地を歩いていた。右肩には重い通勤バッグをかけ、左手にはコンビニ袋。中にはお弁当とビール缶が入っている。

「もう十時半じゃん……ろくに晩酌もできないっての」

明日も六時起きなので、十二時にはベッドに入りたい。転職してから三か月、自由な時間が持てない生活にメンタルが蝕まれている。

「ううう、転職失敗した……。前の会社が倒産したからって慌てて探したのが間違いだった。なんなの、あのブラック会社。もうやだ……」

恨みのこもった独り言をまき散らしつつ、あかりはコンビニ袋からビールを取り出し、プルタブを開けた。歩きながら豪快に飲み始める。

「前の会社のバカヤロー。今の会社もバカヤロー。ついでに浮気して若い女に乗り換えた元カレもバカヤロー！」

ご近所迷惑になりそうな大きな声を上げるあかりの前に、一匹の黒猫が現れた。街灯の下でなければ気づかず踏んでしまうところだったかもしれない。

現実にあってもおかしくない設定のキャラクターにすることで、読者は共感しやすい。

文字数の兼ね合いで盛り込めなかったが、変わった首輪をしているなど、特徴を持たせたい。

初めは信じられないといったような反応をさせると効果的。


「わわ、危ない。ごめんねぇ」

「あなたの人生、やり直せますよ」

どこからか声が聞こえてきた。あかりは周囲を見回すも、夜道には彼女と黒猫しかいない。

「幻聴かな？　疲れてるからなぁ……」

「幻聴ではありませんよ。ここです」

また声がした。下の方から聞こえ、あかりは顔を下げる。

「少しお話がしにくいのでしゃがんでいただけると助かります」

あかりの見間違いでなければ、声の主は黒猫だった。

「え？　猫が喋った？　ボイスレコーダー？　いたずら？　あ、腹話術か！」

「猫が喋ったが正解です」

あかりは黒猫を凝視したまま、持っていたビール缶を道路に落とした。中に残っていたビールが飛び散り、黒猫に少しかかる。

「やめてくださいよ。ベタベタするし、変な匂いまでついたじゃないですか」

「なんで猫が喋ってるの!?」

あかりはコンビニ袋も落下させ、黒猫の要望通りその場にしゃがみこんだ。


不思議な存在に対する、一般的な反応。ここは奇をてらわず、素直な反応にすることで驚きを表現したい。

戦闘シーン（武器や魔法）

武器や魔法での戦闘

次のテーマは「戦闘」。しかし一口に戦闘といってもバリエーションがあるため、今回はファンタジー世界における、中世的な武器を使用する戦闘や、素手での格闘など、主に体を使った戦闘と定義する。

武器にも様々なものがある。最もスタンダードなのは、やはり剣だろう。剣を振り回す姿はそれだけで絵になるし、動きも大きく自由に書くことができる。

小柄で身軽なキャラクターであれば、短剣を持たせるのもいいだろう。すばしっこく動き回って相手の懐に入り、攻撃する。描写する時は、スピード感が重要になりそうだ。

弓矢は遠距離攻撃に向いているが、戦闘のメインとして書くにはやや地味だ。だがサポートキャラクターとして書くには適切なポジションともいえるので、その戦い方でキャラクター性を見せるのも有りだろう。

斧もキャラクター性を見せるのに良さそうな武器だ。大柄な男が使用しているイメージが強いが、三章で少し触れたようにあえて小柄な少女に持たせ、強いギャップを見せるという手もある。

それから、ファンタジー世界なら魔法が登場する場合もあるだろう。なのでそういった世界にするのであれば、戦闘シーンに魔法を使用しても構わない。

魔法を扱う際には、呪文などを唱えるようなシーンがあれば、よりファンタジー感が出る。ゲームの必殺技を考えるような気持ちで設定してみるといいかもしれない。ただ、戦闘シーンで魔法を用いる際には、「なんでもあり」にならないように注意しなければならない。発動する時には何らかの道具が必要である、といったような制限を設けるのもいいだろう。

武器を使うキャラと魔法を使用するキャラを戦わせる、というのも有りだ。その場合、互いのメリット・デメリットを意識しつつ、どちらかが一方的な攻勢にならないように気を付けよう。

ヒント

・戦闘シーンは特に盛り上がるシーンで、同時に主人公の活躍を見せられる部分でもある。あるいは強大な敵の出現によって、物語を新たな展開へ導くための幕開けのシーンにも成り得る。主人公のかっこよさ、そして敵の存在感を見せるためにも、しっかりと書き込んでいってほしい。

・戦闘シーンをあまり長引かせすぎるのは良くない。読者も緊張しながら読む場面であり、その緊張感こそが戦闘シーンの魅力のひとつなのだが、あまりに決着がつかない状態が長く続けば、読者は疲れてしまう。決着がつかずにまた次回へ持ち越し、という形ならば良いのだが、ひとつの戦闘シーンをだらだらと書きすぎないように注意だ。

・物語の雰囲気にもよるが、主人公がただ圧倒的に強いだけでは物語は盛り上がらない。圧倒的に強いキャラクターを出すにしても、弱点を突かれたり、消耗があったり、相手が更に強かったり……といったように、苦戦するシチュエーションも用意したい。

・ファンタジー世界なら、モンスターが登場するような場合もあるだろう。二章の「架空のものを説明する」の項目を改めて振り返りつつ、モンスターを出す、魔法を出す、状況にこだわるなど、「ファンタジーらしさ」の演出にも気を配ってもらいたい。

推敲時のポイント

・素手での喧嘩ならともかく、剣や盾、弓を持ったり、鎧を着て動いたりしたことのある人はほとんどいないはずだ。実際にそれらの武器や防具を手にしたり、身にまとったりした時にどのような動きになるのかを考え、しっかりと見直そう。

・戦闘シーンでは、激しく動くためにキャラクターの立ち位置がころころ入れ替わることになる。位置関係がきちんと読者に伝わるような文章になっているだろうか。

・魔法やモンスターの描写はできているだろうか。架空のもののビジュアルをしっかり表現することで、読者に伝えるということを意識する。

サンプル『戦闘シーン（武器や魔法）』

架空の生物の描写。

地下へ地下へと探索を進めていった一行が見たのは、これまでに見てきたどのモンスターよりもおぞましい姿をした、巨大な魔物だった。

黒っぽい全身に、どこが鼻なのかわからない細長い顔。その顔には、三つのぎょろりとした目がでたらめな角度でくっついている。四つ足で立ってはいるものの、獣とは明らかに違う蛇のようにうねった体躯。尖った尾の先からは、毒々しい色をした液体が滴っていた。

「リリィ、俺たちが足止めする。お前は詠唱を」

大剣を体の前に構えながら、ルークスが指示する。その隣で、仲間内で一番大きな体型のロブも、無言のまま斧を担ぎ直した。

「う、うん」

リリィが頷くと、三人の殺気を感じ取ったのか、魔物がこちらに向けて足を一歩踏み出した。すぐさま、ルークスとロブがリリィを守るように立ちはだかる。リリィは急いで詠唱を始めた。

魔物はまず、その尖った尾で攻撃してきた。矢のようにまっすぐに狙ってくるそ

各々の役割がわかるシーン。「詠唱」という言葉で魔法使いであること、大剣と斧の描写で使用している武器がわかる。

敵と攻防の様子。敵の攻撃、味方の行動、立ち位置などがそれぞれイメージできる描写に。

れを、ルークスの剣が弾き返す。その度に、毒を持っているらしい魔物の体液が辺りに散った。

何度かその攻防を繰り返していたが、ルークスが飛んできた体液を避けるために、魔物本体から一瞬意識をそらす。その隙を狙ったかのように、魔物は突然予想以上の素早さで体ごとこちらに突進してきた。まるで笑みを浮かべるように裂けた大きな口が、二人に喰らいつこうと大きく開かれる。

「ロブ！」

尾の攻撃に対応していて咄嗟に反応できなかったルークスが、ロブの名を呼んだ。それよりも早くロブは動き、口に斧を食い込ませるようにして魔物を止める。しかし魔物はダメージをまるで受けていないようで、むしろ斧を噛み砕こうとするかのように、ギリギリと力を込めているようだ。

そこにルークスが飛びかかり、魔物の目に剣を突き立てようとした。しかしそれを察知した魔物は、あっさりと斧を放して飛び退る。

――今だ！

二人と魔物の距離が離れたタイミングで、リリィは渾身の魔法を放つ。この一撃で、全てを終わらせるために。

現実との地続きにある舞台

先ほどのテーマが「ファンタジー世界における戦闘」だったのに対し、続いてのテーマは「近現代やSFにおける戦闘シーン」だ。主人公の活躍や敵の存在感を見せること、あまり長引かせないこと、圧倒的に強いだけにはしないこと等、基本的にファンタジーの戦闘で気を付けるべきポイントは一緒である。

ただし、近現代やSFはファンタジーよりも現実に近い。近現代はほとんど現実と変わらないといってもいいし、SFのような遠未来の世界も現実との地続きにあると考えることができる。

故に、読者の目はファンタジーの時よりも厳しくなる。現実に近くなる分、より説得力を持たせることが必要となってくるのだ。

また、ファンタジーの世界ではそこまで頻繁に登場しない「銃」の存在にも気を付けよう。銃にもたくさんの種類があり、どんな銃を使っているかによっても描写は変わってくるだろう。

しかしその辺りの下調べをよく行わずに書いてしまうと、現実における銃の扱い方と矛盾が生じる可能性がある。このジャンルを好む人の中には銃に詳しい人も多く、おかしなところがあればすぐに気付かれてしまう可能性も否めない。

また近現代やSFを舞台にした作品には、キャラクターが特殊な能力を持っていることが少なくない。何らかのきっかけで突然目覚めたり、あるいは人為的に能力を与えられたりすることもある。

いずれにせよ、長編でそういった設定の物語を書く際には、「能力を手に入れるきっかけ」に強い説得力を持たせて欲しい。「何故か目覚めた」「何故か能力を与えられた」といったようなご都合主義展開で終わらせるのではなく、「このキャラクターでなければならなかった」という明確な理由を作ってほしいのである。

そして思いもかけずその能力を手に入れてしまったキャラクターが、何を考えるのか。もしかしたら、喜ばしいことばかりではないのかもしれない、自分の力を疎ましく思うこともあるのかもしれない。そういった能力に対する内面描写も、忘れずに行って欲しい。

近現代やSFにおける戦闘シーンは、ファンタジーのそれよりもどこかスタイリッシュな印象になる。ビルや電車など、ファンタジーにはない存在を演出として用いるのも、戦闘シーンをかっこよく見せるのに大いに効果を発揮するはずだ。

ヒント

・近現代やSFの世界には、銃以外にもファンタジー世界とはまた異なる武器や兵器が登場するだろう。銃に限らず、そういった武器や兵器を「なんとなく」の知識で書かないように気を付けた方がいい。

・役に立ちそうな資料は多いが、バラエティの豊かさと図版の存在から、『F－Files』シリーズ（新紀元社）は特にオススメである。

・特に超能力や超技術のようなものが存在しない、現実世界をそのまま舞台にするような場合であれば、「現実にあり得ないような動きはさせない」ことも意識した方がいい。

推敲時のポイント

・普通の高校生がいきなり特殊な能力に目覚めたような設定なら、その能力の扱いにまだ慣れていない可能性もある。最初から能力を使いこなせるよりも、うまく制御できなかったり思った通りに発動できなかったりした方が、リアルに感じられるかもしれない。そういったところも含めて、キャラクターの動きにリアリティがあるかどうかを確認しよう。

・特殊な能力や超技術を登場させるなら、そのビジュアル描写は忘れずにできているだろうか。オリジナルの武器を登場させるのであれば、外見描写と性能の説明をしっかりと行おう。

・位置関係や体の動きにも気を配りたい。ファンタジー世界での戦闘と同じく、ひとつひとつの動きが読者に伝わっているかどうかを強く意識しながら見直して欲しい。

サンプル『戦闘シーン（近現代やSF）』

スマートフォンで連絡を取り合う。こういった情報のやり取りはファンタジーでは表現できない部分。

『旬くん、気を付けて！　デカいヤツがそっちに向かってるみたい！』

「くそっ！」

電話の向こうから聞こえてきた報告に、旬は思わず悪態をついた。今、ようやく小物を一匹仕留めたばかりだというのに。

『急いで応援を向かわせるから、それまで持ちこたえて！』

そう告げるなり、無責任にも電話は切れてしまった。もう一度悪態をつきながら、スマートフォンをポケットにしまう。

旬は今、ビルの屋上にいた。先ほど倒した小物の「影」が現れたのが、ちょうどこの屋上だったのだ。

見晴らしの良いそこから、ぐるりと周囲を見回す。太陽が沈んで久しい空は、すっかり濃紺に染まっている。これは、遠くからやってくる敵を見つけるのが難しいかもしれない――そう思った直後だった。

ヒュンッ、と耳元で風を切る音がしたかと思うと、次の瞬間、旬の体は弾き飛ばされていた。

敵の弱点や隙を見つけるような描写もしっかりと。


「うわ……っ！」

屋上の柵にしたたかに体をぶつけ、衝撃で息が止まる。

全身を襲った痛みに、それでも旬は足に力を入れてしっかりと立ち上がって、敵を見据えた。

報告通り、確かに大物だ。明確な形を持たない巨大な「影」が、ゆらゆらとそびえ立っている。

しかし、怯んでいては始まらない。集中し、能力を発動させる。旬の全身がぼんやりとした光に包まれ始めた。

「影」は旬に覆いかぶさるように、ぶわっと膨れ上がった。咄嗟に身をかがめ、転がるようにしてそこから抜け出る。

転がった体勢から、コンクリートの床に手をついて跳ね上がるように体を起こした。その間にも、「影」はうねりながら旬を捕らえようとしてくる。

人差し指を「影」に向け閃光を放つ。敵がその光を避けるため、四方に分裂した。

——見つけた。

「影」が再びひとつになろうとする瞬間、旬はその中心部——「影」の核となる、最も闇が深い箇所を捉え、再び閃光を放った。


ファンタジーの戦闘と同じく、主人公の動きや各々の立ち位置を意識しながら書いていく。

クライマックス

クライマックスとは

実践の最後は、これまでとは少し違う形式で書いてもらいたい。今までは「掌編」として原稿用紙二枚程度で、その中で始まって終わる話を書いてもらった。

しかし、この最後のテーマだけは「長編の中の一部分を切り取った」イメージで書いてもらいたいのだ。故に、これまでのように八〇〇字程度の中に話をきれいにまとめる形ではなく、その前後にも物語があるという想定で執筆を行ってもらいたいのである。最後のテーマは「クライマックス」だ。

クライマックスは英語で表記すると、「climax」――意味は「最高潮」。つまり、クライマックスとは物語の中で最も盛り上がり、緊張感や興奮が高まった状態ということになる。わかりやすい例で言えば、ＲＰＧでのラスボスとの戦闘シーンなどが当てはまる。

勘違いをしている人も多いのだが、クライマックスはエンディングではない。エンディングはクライマックスシーンがすでに終わり、全てが収束した後の余韻のためのシーンだ。

書いてもらいたいのはそこではなく、最も盛り上がるシーンである。クライマックスでは、思わずもらい泣きしてしまうような感動的なシーンであったり、思わぬどんでん返しがあったりと、物語の収束に向けて印象的なシーンを持ってくる。

こうすることで読後に余韻を残し、読者にとって忘れられない作品となるわけだ。読者の興奮を最高潮に持っていくために、どのようなテクニックを駆使すればいいのか。それを考えながら執筆してほしい。

またこの最後のテーマのみ、これまでの掌編とは違う書き方をしてもらうので、情報の見せ方も今まで執筆してきたものとは異なってくる。今回は「前後にも物語がある」という想定で書いてもらうので、例えばどうしてその状況に至ったのかなどの情報を、一から十まで書いてもらう必要はない。それまでの話の中ですでに描写しているものと考えられるからだ。

今回のテーマで書いてもらいたいのはあくまで「クライマックス」なので、最高に盛り上がるシーンで「これまでの経緯」を振り返っていては明らかにおかしくなる。ここまで話を追ってきてくれた読者に一番楽しいシーンを読んでもらうつもりで書いてみよう。

☑ヒント

・印象的なセリフ——いわゆる名ゼリフを言わせることは、そのシーンを読者の脳に焼き付けるのに効果的だ。執筆していく中で、「このセリフを言わせたい」「このシーンはかっこ良く決めたい」というような思いが湧いてくることもあるはずだ。ここぞという場面でキャラクターに印象的なセリフを言わせて、インパクトのあるシーンを作ろう。

・インパクトを出したい時に、効果音のフォントを大きくしたりしてマンガのような演出をすることもある。しかし、これはあまり多用すると安っぽく感じられてしまうし、またフォントを変えることでしか迫力を出したり印象的なシーンを演出したりすることができない……つまり文章力が低いように感じさせてしまうので、なるべく使用しない方向で執筆してもらいたい。

・「——」などをうまく使い、絶妙な間を作ることで、印象的なシーンを作ることができる。心情描写をうまく挟むことで、よりドラマチックな演出をすることができるだろう。ただ、こちらもあまり多用しすぎると本当に魅せたい部分が埋もれてしまうので、バランスに気を付けよう。

☑推敲時のポイント

・名ゼリフは長々としたものではなく、一言あるいは一文で決まるようなものになっているだろうか。長々としたものよりも短くてインパクトのあるものの方が覚えやすく、頭に残るものになりやすい。

・文章テクニックによる演出ができているだろうか。クライマックスにアクションシーンを持ってきて臨場感を出したいような場合には、文章を短く区切ってテンポ良く見せるのがコツだ。

サンプル『クライマックス』

クラスメイトを三人も殺した憎き犯人の証拠をようやく見つけた。なのに、みちるの心は動揺し、収まりそうにない。生き残ったクラスメイトたちを講堂に集めたものの、真実を告げる勇気が出なかった。

「みちる、犯人は誰なの？　わかったんでしょ!?」

クラスメイトたちの先頭に立つ萌がヒステリックな声を上げる。他のクラスメイトたちも顔色が悪かったり、体が震えたりしていた。

みちるは唾を飲み込んだ。勇気を出さなくては。犯人を野放しにしてはまた誰かが死ぬ。

動揺を抑えようと握っていた拳を解き、腕をゆっくりと上げてある人物を指さす。

「犯人は……萌ちゃんだよね？」

——今しがた犯人は誰なのかと問うた、萌を。

「は？　みちる、何を言ってるの？」

「証拠、あるよ」

クラスメイトたちがざわついているのに、それよりも壁時計の秒針の音が大きく

思いがけない人物が犯人であることを表現するために、伏線や前置きを入れる。

「——」を使い間を表現。

聞こえる。耳が変になったみたいだ。今、私はちゃんと立てているだろうか。

萌は「嘘でしょ?」と言わんばかりの顔をまだしている。

ならば告げなければ。彼女が三人もの人間を殺した証左を。

「高橋くんのスマホ、死体の傍で壊れちゃってたでしょ? あれを直したの。そうしたら壊される直前までの録音データがあった」

みちるは制服のポケットからヒビが入ったスマホを取り出す。それを見た萌はぎょっとした。

「あんた……あの部屋に入ったの?」

高橋が殺された理科準備室は彼の血が飛び散り、赤く染まっていた。酷い匂いも充満し、誰も近寄らなかった。もちろん、みちるも入りたくなどなかった。血だらけの部屋で苦悶に満ちた表情の高橋ともう一度対面しなければならないのだから。

「だって、ここに探偵はいない」

萌がスマホを奪い取ろうとする前に、みちるは素早く録音データを再生した。

『萌。お前が飯田を殺してたのを見ちまった』

高橋の声は萌の叫び声にかき消された。その中でみちるは呟く。

「誰かがやらなきゃ、終わらないんだもん」

主人公の緊張を描写することで緊迫感を演出。

印象的なセリフは短く。

榎本メソッド式 文章のポイント

榎本秋並びに榎本事務所では、長年にわたり小説創作系学科の講義・監修を担当し、多くの創作指南本を刊行してきた。その経験を活かし、このほど小説の書く際に大切なポイントを『榎本メソッド』としてまとめた。

ポイントは、無意識にやっていることや、よく言われていることを盛り込んでいる。しかし、メソッドとしてきちんと定義づけをし、一つにまとめることで皆さんがチェックしやすくなるのではないかと考えている。もちろん、榎本メソッド独自のポイントもある。

ここでは文章に関する『榎本メソッド』を紹介する。執筆や推敲の際にぜひ役立ててほしい。

☑ 一文は短く！

情景や状況を詳しく描写しようとすると、なるべく多くの情報や比喩表現を書こうとするだろう。読者にイメージしてもらうには必要なことである。とはいえ、一文に盛り込みすぎると読みにくい文章になるのは38ページで解説した通り。情報を整理し、順番にも注意したい。

……ということを考えながら執筆していると、途方のない時間がかかってしまうこともあるだろう。初めから完璧を目指す必要はない。まずは「とにかく一文を短く書く」ということだけを意識してみよう。二十五文字〜三十五文字程度で書き、情報の順番などはまずは気にしなくていい。推敲の際にカテゴリ別に整理し、くっつけた方がいいと思ったら修正しよう。

ただ、あまり長くならない方がいいのは変わらない。読者がその一文を理解するのに時間がかかってしまい、読むのがストレスに感じてしまうからだ。伝えなければならない情報が多くても、短文で順序立てて説明されていればすんなりと頭に入るものだ。一文にいくつも情報が入ってしまったら、二文に分けたり、除外してもいい部分がないか検討してみよう。

接続詞はなるべく使わない

設定などの説明の際に便利な接続詞。いくつか種類があるので詳細は27ページを振り返ってもらいたい。

そこでも記述したが、接続詞を多用すると逆に読みにくく、ストレスの溜まる文章になってしまう。ところが、書いている方からすれば接続詞は話を繋げるのにかなり有用で、無意識に使ってしまうこともしばしば。よくやってしまうのが逆説の「しかし」「ところが」や並列の「また」「かつ」を連続で書くことだ。

例❶

明日の調理実習ではたまねぎを持って行くことになった。ところが家にたまねぎがない。しかし帰宅途中の母からちょうど電話があって、買ってきてもらえることになった。

例❷

生産能力の向上には効率的な作業が不可欠とされる。また、安易な人員削減は好ましくない。かつ人員を適材適所に配置することが重要だ。

こんな風に書いてしまった覚えがあったりしないだろうか？　ある分には全く構わない。推敲の際に削るか修正すればいいのだから。

例❶

明日の調理実習ではたまねぎを持って行くことになった。ところが家にたまねぎがない。困っていると、帰宅途中の母からちょうど電話があって、買ってきてもらえることになった。

例❷

生産能力の向上には効率的な作業が不可欠とされる。そのためには人員を適材適所に配置することが重要だろう。つまり、安易な人員削減は好ましくない。

例①は「しかし」を外しキャラクターの描写に、②は文章の順番を変えた上で別の接続詞にした。

接続詞を多用、連続で使用している際は情報が整理されていないことも多い。順序立てて説明できているか、同じことが繰り返されていないかなども一緒に確認すると、自然と接続詞を削れることもある。

☑ 主語がはっきりとわかるように

　主語がわからないと、誰のセリフ・行動なのかわからなくなってしまうのは10ページの主語の項目で解説した通り。１６８ページの「多人数での会話」を書いてみるとより痛感するだろう。よって、主語は書き手が「必要かな？」と思うくらいまで入れるといい。

　とはいえ、逐一主語を入れると鬱陶しくなってしまうのも事実。描写するキャラクターが変わったら必ず主語を入れることを意識しつつ、必要がないと判断したら削ってしまおう。こちらも推敲で見直ししたい。

☑ ガイドをシーンの冒頭に入れる

　ガイドとは榎本メソッドにおいて、シーンの

❶場所

❷日時（前のシーンからどれくらい経っているか）

❸そこにいるキャラクター

を指す。これらはシーンを読む上での前提情報のようなもので、わからないと読み手はイメージができないまま読んでいくことになってしまう。下手をすると、いないと思っていたキャラクターが突然会話に参加しだした！　なんて事態にも陥るのだ。

　考え方としては92ページで紹介した５Ｗ１Ｈと変わらない。そこでも解説した通り、これらを全て冒頭に書いていたら説明ばかりになってしまう。そこで、ガイドは絶対に必要な三要素に絞った。

　ガイドはできる限りシーンの一文目に入れたいところではあるが、毎回そうもいかないだろう。いちいち説明っぽいし、三要素を一文に盛り込むと読みにくい文章になってしまう可能性もある。

　目標としては三～五文目までに三要素全てを入れ込むようにしよう。

例

翌週の火曜日、泉は教室までの廊下を走っていた。

おわりに

解説、そして実践を通して読みやすい文章、伝わりやすい表現というものを見ていただいたが、「誰かに読んでもらう文章」というものが意識できるようになっただろうか。

当然ながら、この本を読んだだけで誰もが絶賛するような文章が書けるようになる、というわけではない。本書はあくまで土台のようなものだ。この本に書かれていたことをただなぞるだけでなく、自分なりにどうしたらより良い文章になるのかを考えながら、これからも執筆を重ねていってほしい。大切なのは、試行錯誤するのをやめないことだ。そして願わくば、文章の書き方で悩んでいる方々に、文章で表現することを「楽しい」と思えるようになってもらえたら嬉しい。

小説を書くのはとても根気のいる作業だ。文章を書くことを難しい、大変だと感じていては、ただただ苦しくなってしまう。そうならないためにも、文章を書くことの楽しさを見つけ出してもらえればと思う。

当方は専門学校で講義を行うほか、インターネットで小説の書き方を学ぶことのできる「榎本メソッド小説講座 -Online-」を開講している。こちらでは動画で小説の書き方を学び、課題に取り込んでいただくことで実力を上げ、新人賞受賞を目指すものである。受講をしなくても創作に役立つ公開講座も掲載しているので、ぜひ一度ご覧いただきたい。

また、毎日更新の「榎本秋プロデュース　創作ゼミ」、本書の制作でも協力を得ている弟の榎本海月のYouTubeチャンネル「榎本海月の小説塾チャンネル」も公開中だ。最新の情報は会社HP・Twitterにて発信しているので、さらに小説の書き方について詳しく学びたいと思ってくださった方はチェックいただけると幸いである。

榎本秋

株式会社榎本事務所　HP：https://enomoto-office.com/
Twitter：@enomoto_office

エンタメ小説を書きたい人のための正しい日本語

2021年2月15日　第1刷発行

著者　榎本秋・榎本事務所

発行者　道家佳織

編集・発行　株式会社DBジャパン
〒151-0053 東京都渋谷区代々木 2-23-1
ニューステイトメナー 865

電話　03-6304-2431

ファックス　03-6369-3686

e-mail　books@db-japan.co.jp

装丁・DTP　菅沼由香里（榎本事務所）

印刷・製本　大日本法令印刷株式会社

執筆・編集協力　鳥居彩音・榎本海月・槙尾慶祐（ともに榎本事務所）

ISBN978-4-86140-146-6
Printed in Japan 2021

※本書は2016年12月25日に株式会社秀和システムより刊行された『ライトノベルのための正しい日本語』を底本に、増補・改定を行なったものです。